Knaur.

Knaur.

BAD BOYS *im Knaur Taschenbuch Verlag:*
Das beste Mittel gegen Kopfschmerzen *von Nancy Warren*
Der Mann, der's kann *von Erin McCarthy*
Lass uns unvernünftig sein *von Lori Foster*
Heißes Verlangen *von Janelle Denison*
Verbotener Genuss *von Erin McCarthy*

Über die Autorin:
Nancy Warren studierte Englische Literatur und arbeitete zunächst als Journalistin. Ihre wahre Leidenschaft hat sie jedoch beim Schreiben ihrer Bücher gefunden. Sie lebt mit ihrem Ehemann und zwei Kindern in Kanada. Aufgrund ihrer australischen Wurzeln hat sie eine enge Verbindung zu dem Land, in dem viele ihrer Romane spielen.

Nancy Warren

Ein Macho zum Verlieben

Roman

Aus dem Englischen
von Christiane Meyer

Knaur Taschenbuch Verlag

Dieser Roman erschien erstmals 2004 unter dem Titel
Sizzling in Sydney im Sammelband *Bad Boys Down Under*
bei Kensington Books, New York.

Besuchen Sie uns im Internet:
www.knaur.de

Wenn Ihnen dieser Roman gefallen hat, empfehlen wir Ihnen gerne weiteren prickelnden Lesestoff – schreiben Sie einfach eine E-Mail mit dem Stichwort »Macho« an:
leidenschaft@droemer-knaur.de

Deutsche Erstausgabe März 2009

Redaktion: Michael Meyer
Umschlaggestaltung: ZERO Werbeagentur, München
Umschlagabbildung: Jupiter Images
Satz: Adobe InDesign im Verlag
Druck und Bindung: Norhaven A/S
Printed in Denmark
ISBN 978-3-426-50241-9

2 4 5 3 1

1. Kapitel

Was Jennifer Talbot an Geschäftsreisen am meisten hasste, war das Reisen – und die unangenehmen Überraschungen, die immer dann auftraten, wenn sie zu müde, zu erschöpft vom Jetlag und zu weit weg von zu Hause war, um mit ihnen fertig zu werden.

Der Kerl, der hier vor ihr in seinem Outdoor-Whirlpool saß, schien ganz eindeutig zu jener Kategorie von unangenehmen Überraschungen zu gehören.

Nicht, dass sie ihn nicht umwerfend fand – er besaß diese verwegene, sexy Ausstrahlung, für die australische Männer bekannt waren. Und im Grunde genommen störte es sie auch nicht, dass der Geschäftsführer von *Crane Surf and Boogie Boards* sie schon kurz nach ihrer Ankunft in Australien treffen wollte.

Allerdings hatte Jen angenommen, dass es sich bei

der Adresse, die man ihr gegeben hatte, um ein Hotel handeln würde – und nicht um das Privathaus ihres Kunden.

Als sie aus dem Taxi stolperte, das sie vom Sydney Airport hergebracht hatte, war ihr Kostüm zerknittert. Ihre Füße in den schicken, aber unbequemen High Heels fühlten sich geschwollen an. Der fehlende Schlaf ließ ihre Augen brennen. Und ihre Stimmung war nach den Reisestrapazen alles andere als nur leicht gereizt. In diesem Moment wünschte sie sich nichts sehnlicher als eine große Flasche Perrier, ein noch größeres Bett und ungefähr vierzehn Stunden Schlaf.

Aber sie bekam etwas anderes: Zur Begrüßung starrte ihr Klient Cameron Crane, für den sie um die halbe Welt gereist war, sie an wie ein besonders schmackhaftes, saftiges Steak auf einem Grill – als wäre sie ein köstlicher Happen, den er mit ein paar Bissen zu verschlingen gedachte.

»Guten Tag. Willkommen in Australien«, empfing er sie. Der heiße Dampf aus dem Whirlpool umspielte sein Gesicht und ließ ihn beinahe unwirklich erscheinen – fast so, als wäre er einem Traum entstiegen. Sein aschblondes Haar trug er im Nacken ein wenig zu lang, so dass es sich an den Enden frech lockte. Er hatte ein kantiges Kinn, eine

Nase, die der eines nicht sonderlich erfolgreichen Boxers glich, und der Blick aus seinen Augen wirkte gleichzeitig ruhig und durchdringend.

»Ich dachte, das hier wäre ein Hotel«, sagte sie. Groß genug war das Anwesen auf jeden Fall – ein modernes Haus, das abseits der Straße inmitten eines wildwachsenden tropischen Gartens lag. Zudem befand sich der Strand in unmittelbarer Nähe. Wenn man keine Lust hatte, zum Schwimmen ans Meer zu gehen, konnte man aber auch in den stattlichen Pool springen, vor dem Jen nun stand.

Beim bloßen Anblick des einladenden kühlen Wassers spürte sie ihre schmerzenden Füße wieder. Und neben dem Pool befand sich der dampfende Whirlpool.

Jen hatte ihre Hausaufgaben gemacht und wusste, dass Crane ein Wunderkind war, was Finanzen anging. Er hatte seine Finger in vielen lukrativen Geschäften. Und sie war aus San Francisco angereist, um ihn dabei zu unterstützen, auch die Märkte der USA zu erobern.

Mühsam versuchte sie, ihrer Stimme einen freundlichen Klang zu verleihen. Immerhin war er ihr Klient. Doch auch sie bemerkte den leicht angespannten Unterton. »Wenn Sie mir gesagt hätten, dass Sie mich *direkt* nach meiner Ankunft sehen wollen, hätte ich mich besser vorbereitet.«

»Ich hätte Ihnen einen Wagen schicken können, der Sie herbringt.«

»Schon in Ordnung, dass Sie es nicht getan haben – der Flieger hatte einige Stunden Verspätung.« Eine Tatsache, die nicht unwesentlich zu ihrer Erschöpfung beigetragen hatte.

»Nicht, dass Sie mich falsch verstehen: Ich möchte nicht, dass Sie heute Abend noch etwas tun. Sie sind als mein Gast hier. Ich dachte, dass Sie sich in meinem Haus vielleicht wohler fühlen würden als in irgendeinem Hotel.«

So, dachtest du. Sie war sich nicht sicher, warum er sie unter seinem Dach haben wollte, aber sie bezweifelte, dass er dabei an ihr Wohlbefinden gedacht hatte. »Ich verstehe. Ich bin übrigens Jennifer Talbot.«

Sie vermutete, dass seine Augen von einem rauchigen Graugrün waren – doch im Dampf des Whirlpools ließ sich das schwer sagen.

Was sie allerdings mit Sicherheit erkennen konnte, war, dass er ein selbstbewusst freches Lächeln hatte, bei dem seine weißen Zähne nun aufblitzten. »Das dachte ich mir schon. Kommen Sie rein. Das Wasser ist toll.«

Sie lächelte kühl. »Zufällig habe ich meine Schwimmsachen nicht dabei.«
Sein Grinsen wurde noch eine Spur breiter. »Ich auch nicht.«
Zum Glück gelang es ihr, nicht nach Luft zu schnappen oder rot zu werden. Sie konnte sich ziemlich genau vorstellen, wie sehr es ihn freuen würde, wenn sie derart reagierte. Diesen Typ Mann kannte sie. »Ich möchte einfach nur zu Bett gehen.« Und bevor er etwas sagen konnte, fügte sie entschieden hinzu: »Allein.«
Er brach in Lachen aus. »Ich bin Cam.«
»Es freut mich, Sie kennenzulernen.« Obwohl es sie um einiges mehr gefreut hätte, wenn sie sich in einem Büro getroffen hätten – dort hätte sie sich sicherer gefühlt. Verstohlen schlüpfte sie aus einem Schuh und bewegte ihren schmerzenden Fuß.
»Nehmen Sie Platz, und entspannen Sie sich. Möchten Sie ein Bier? Ich glaube, ich habe noch eins kalt gestellt.« Er wies auf eine kleine Kühlbox hinter sich.
Mit einem lautlosen Seufzer ließ sie sich auf eine Sonnenliege aus Teakholz sinken, auf der ein grünweiß gestreiftes Sitzpolster lag. Sie konnte nicht widerstehen, ihre Füße hochzulegen. »Sie haben nicht zufällig ein Perrier?«

Nachdenklich kratzte er sich am Kinn. »Könnte sein. Ich werde mal in der Küche nachfragen.« Langsam erhob er sich. Wasser rann seine muskulösen Schultern und seine behaarte Brust hinab. Als er sich umdrehte, um aus dem Whirlpool zu steigen, erhaschte sie einen Blick auf seinen knackigen Po. Ihr stockte der Atem. Was seine Nacktheit betraf, hatte er also nicht gescherzt …

Unwillkürlich jagten ihr heiße und kalte Schauer über den Rücken, und sie öffnete schon den Mund, um zu sagen: *Nein! Nur keine Umstände, bitte. Ein Bier ist auch gut.* Aber da bemerkte sie den Blick, den er ihr über die Schulter zuwarf. Einen Moment lang schien er zu zögern – als ob er darauf wartete, dass sie ihn zurückhielt. Sie schloss den Mund und lehnte sich auf der Sonnenliege zurück. *Er will mich herausfordern? Ein Spielchen spielen? Das kann er haben.*

Sie würde nicht einmal wegschauen. Tatsächlich hätte sie das auch nicht geschafft, selbst wenn sie es gewollt hätte. Er sah wie ein griechischer Gott aus, als er aus dem Wasser stieg. Obwohl sie sich vollkommen dehydriert fühlte, merkte sie, wie ihr Mund beim Anblick seines muskulösen, durchtrainierten Körpers noch trockener wurde. Die Haut funkelte bronzefarben. Seine blasseren Pobacken waren perfekt gerundet und so athletisch wie der Rest von ihm. Für gewöhnlich hatte sie es mit Männern zu tun, die *in* ihrem Anzug besser aussahen als ohne. Doch bei Cameron Crane wurde sie das Gefühl nicht los, dass das Gegenteil der Fall war.

Knapp über der einen Pobacke schimmerte etwas, das Jennifer im ersten Moment für einen blauen Fleck hielt. Doch als Cameron aus dem Dampf trat, erkannte sie das Firmenlogo. Es war ein kleiner Kranich.

Jeder, der sich sein Firmenzeichen auf den Hintern tätowieren ließ, war entweder vollkommen von sich überzeugt oder aber ein totaler Workaholic.

Wenn er ein feinsinniger Mensch gewesen wäre, hätte sie ihm für die Stelle des Tattoos einen gewissen Sinn für Ironie zugestanden. Aber so, wie sie ihn in den ersten fünf Minuten kennengelernt hatte, bezweifelte sie, dass Cameron Crane so viel Raffinesse besaß.

Cam beobachtete, wie die Blondine ihn musterte. Sie wirkt, schoss es ihm durch den Kopf, wie eines dieser amerikanischen Film- und Fernsehstarlets: verkrampft, übergenau und viel zu dünn.

Er hasste es, wenn ihm jemand auf irgendeinem

Gebiet überlegen war – besonders, wenn es sich um eine Frau handelte. In diesem Fall musste er sich jedoch eingestehen, dass Jennifer Talbot möglicherweise zu dieser Kategorie gehörte. Sie war hier, weil sie eine brillante Marketingexpertin war, die den kalifornischen Markt wie keine Zweite kannte. Und da sie hauptsächlich dafür verantwortlich wäre, die *Crane*-Produkte in den USA zu etablieren, besaß sie großen Einfluss.

Was bedeutete, dass er sicherstellen musste, dass *sein* Einfluss größer war. Glücklicherweise hatte er sich einen todsicheren Plan zurechtgelegt, der es ihm ermöglichte, in ihrer Beziehung die Oberhand zu behalten. Er würde mit ihr schlafen. Noch bevor sie überhaupt ins Flugzeug gestiegen war, hatte er schon beschlossen, sie zu verführen.

Selbst wenn sie seit dem Foto im Harvard-Jahrbuch, das er gesehen hatte, ein paar Pfund zugelegt hätte oder ihr die Zähne ausgefallen wären, hätte er sie in sein Bett gelockt. Alles für die Firma. Und zu seinem eigenen Vergnügen.

Über die Gegensprechanlage gab er Marg Bescheid, dass ein Gast eingetroffen war, und bat sie, eine Flasche Mineralwasser zu bringen. Als er sich umdrehte, bemerkte er, dass die hübsche Blonde ihn noch immer beobachtete.

Neben der kühlen Distanziertheit bemerkte er auch Klugheit und Scharfsinn in ihren Augen. Sie wurde nicht rot oder wandte das Gesicht ab, als er sich ihr in seiner vollen Pracht präsentierte und langsam zurück zum Whirlpool schlenderte. Allerdings musterte sie ihn auch nicht begierig von Kopf bis Fuß. Ihre Reaktion – oder besser: ihr völliges Desinteresse – verwunderte ihn ein wenig. Offensichtlich hätte er genauso gut vollständig angezogen vor ihr herumlaufen können.

Ihre Blicke trafen sich, und sie hob herausfordernd eine Augenbraue. Er glitt ein bisschen schneller in das warme Wasser zurück, als er es vorgehabt hatte. Doch ihm blieb nichts anderes übrig, wenn er sich nicht verraten wollte ... Es gab kaum etwas, das ihn mehr erregte als eine Herausforderung.

Vielleicht würde es viel spannender werden, diese kluge, kühle Schönheit zu verführen, als er angenommen hatte. Zum Teufel, vielleicht tat er der Welt sogar einen Gefallen, wenn sie anschließend ein wenig lockerer war. Wie auch immer – die nächsten Wochen versprachen, interessant zu werden.

Es gab zwei Dinge, die Cameron Crane wirklich gut beherrschte. Das eine war Geldverdienen.

2. Kapitel

Wenigstens hat er eine Hilfe engagiert, dachte Jen und beobachtete die Frau, die nun aus dem Haus trat. Ihre von der Sonne gegerbte Haut ließ vermuten, dass sie noch nie etwas von Sonnencreme gehört hatte. Sie trug ein Tablett mit einer Flasche Wasser vor sich her. Jen hoffte, dass die Flasche direkt aus dem Kühlschrank stammte, denn in dem Glas, das ebenfalls auf dem Tablett stand, waren keine Eiswürfel. Außerdem befand sich noch eine Dose Bier auf dem Tablett.

»Sie müssen Jennifer sein.« Einen Moment lang überraschte Jen diese ungezwungen lockere Begrüßung. Die Dame stellte das Wasser und das Glas neben Jen auf einen Tisch. »Ich bin Marg. Cam erzählte, dass Sie heute ankommen würden. Wenn Sie irgendetwas brauchen, schreien Sie einfach.«

Alles klar. Jen bezweifelte, dass sie das tun würde.

»Danke, aber ich glaube nicht, dass ich lange …«

»Ich wusste es!« Die Frau warf eine Hand in die Luft, so dass die Bierdose auf dem Tablett gefährlich ins Trudeln geriet. »Das habe ich Cam gleich gesagt. Sie wird in einem Hotel übernachten wollen, habe ich gesagt. Sie wird nicht hier draußen festsitzen wollen mit jemandem wie dir. Diesen Stress kann sie nicht gebrauchen. Aber er hört ja nicht auf mich. Das sollten Sie ruhig von Anfang an wissen. Cam macht nur das, was *er* will.«
Jen blinzelte matt. Dabei fühlte sie sich nicht sosehr erschöpft, sondern kam sich vielmehr wie im falschen Film vor.
Wenn aus ihren Unterlagen nicht hervorgegangen wäre, dass Cameron Crane Single war, hätte sie denken können, dass diese Frau seine Ehefrau war. Obwohl sie offensichtlich um einiges älter war. War sie eventuell seine Mutter? Da Zurückhaltung nicht gerade zu den Stärken dieser Dame zu zählen schien, fragte Jen sie einfach geradeheraus. »Sind Sie mit Mr. Crane verwandt?«
Die Frau brach in lautes Gelächter aus. In einem der vielen Laubbäume in der Nähe schreckte ein Vogel auf und krächzte entrüstet. »Ich glaube kaum. Ich bleibe nur, weil er mich dafür bezahlt.«
»Wenn ich dein Gehalt verdopple, hältst du dann den Mund?«, fragte ihr Arbeitgeber, der noch

immer im Whirlpool saß. Er hatte sich entspannt zurückgelehnt, die Arme ausgestreckt und auf den Rand des Beckens gelegt. Diese Lässigkeit ging Jen allmählich auf die Nerven. Immerhin war sie den weiten Weg hierhergekommen, um übers Geschäft zu sprechen. Sie schätzte es nicht besonders, wenn man Spielchen mit ihr spielen wollte.

Wieder lachte Marg gutmütig auf. Offensichtlich war der rauhe Tonfall zwischen ihr und Crane nichts Außergewöhnliches. Gemächlich und ein bisschen ungelenk lief sie um den Whirlpool herum, ging in die Knie und stellte die Dose Bier ab. Crane zwinkerte ihr zu. »Cheers.«

Marg erhob sich und wandte sich Jen zu. »Haben Sie Hunger?«

»Nein. Ich bin nur durstig.« Jen nahm einen Schluck von ihrem Wasser. »Und müde.« Mehr als müde.

»Haben Sie denn nicht während des Fluges geschlafen?«

»Ich schlafe nie im Flugzeug.« Es war wie verhext. Andere Fluggäste schlummerten und schnarchten vor sich hin. Sie dagegen konnte einmal um die Welt fliegen und bekam kein Auge zu. Meistens arbeitete sie.

Während des ungefähr achtzehnstündigen Fluges

von San Francisco, Kalifornien, nach Sydney, New South Wales, hatte sie noch einmal das Material über *Crane Surf and Boogie Boards* gelesen. Erneut hatte sie den Bericht geprüft, den sie über den heißumkämpften kalifornischen Markt vorbereitet hatte. Natürlich sollte Kalifornien nur der Anfang sein. Mr. Crane war – so viel hatte sie über ihn herausfinden können – ein sehr ehrgeiziger Mann.

Bereits vor zehn Jahren, im Alter von vierundzwanzig Jahren, hatte er seine erste Million verdient. Dabei stammte er nicht einmal aus einer typischen Unternehmerfamilie. Sein Vater besaß eine Schaffarm, und seine Mutter war Hausfrau. Cameron hatte die elterliche Farm schon früh verlassen und sich einen Namen als erfolgreicher Surfer gemacht. Nachdem er einige Preise gewonnen hatte, war er dazu übergegangen, seine eigenen Boards zu entwerfen und zu bauen. Innerhalb kürzester Zeit hatte er damit ein kleines Vermögen verdient.

In den folgenden Jahren war es ihm gelungen, diese bescheidenen Anfänge auszubauen, und so war er vom Selfmademan zum Selfmade-Mogul geworden.

Sie hatte sich darauf eingestellt, einen bewundernswerten, engagierten, offensiven Menschen zu treffen – sie kannte diese Sorte Mann. Doch dass er sie überrumpeln und in sein Haus locken würde, traf sie unvorbereitet. Und auf seine Lässigkeit, seine Nacktheit und seine aufregend herausfordernde Art war sie erst recht nicht gefasst gewesen.

Wenn sie die Klientin gewesen wäre, hätte sie sich auf der Stelle ein Taxi gerufen und wäre verschwunden. Aber *er* war der Kunde, und es war ihr Job, ihm zu geben, was er wollte. Natürlich nur, wenn es in einem vernünftigen Rahmen blieb. Wenn der Kerl in dem dampfenden Whirlpool allerdings davon ausging, dass sie selbst im Paket enthalten war, würde er schon sehr bald herausfinden, dass er sie völlig unterschätzt hatte.

Als Marketingexpertin kannte sie sich bestens mit Stereotypen aus. In ihren Werbekampagnen spielte sie mit ihnen oder gegen sie und nutzte sie, um ein Produkt auf dem Markt zu plazieren. Doch da sie genau wusste, wie irreführend sie sein konnten, achtete sie darauf, reale Menschen nicht nach irgendwelchen Klischees einzuordnen und zu beurteilen.

Doch Cameron Crane verkörperte einfach den typischen australischen Kerl.

Im Augenblick war sie müde genug, um diesen interessanten und gewinnversprechenden Kunden, für den sie um die halbe Welt gereist war, anzuschnauzen. Aber ihn gegen sich aufzubringen, weil sie hundemüde war und er ein chauvinistischer, biertrinkender, nackter Womanizer, war keine gute Idee. Es würde jedenfalls nicht zu einer harmonischen Geschäftsbeziehung beitragen.

Nachdem sie das Wasser beinahe geleert hatte, erhob sie sich von der bequemen Sonnenliege. »Ich würde jetzt gern zu Bett gehen, wenn es Ihnen nichts ausmacht. Ich möchte morgen früh frisch und ausgeschlafen für die Arbeit sein.«

»Es ist doch noch früh. Ein kleines Bad im Whirlpool würde Ihnen sicherlich guttun«, versuchte er, sie zu locken.

Sie lächelte ihn so eisig an, dass er unwillkürlich erschauerte. Hoffentlich kühlte ihn das ab. »Das bezweifle ich. Gute Nacht.«

»Oh, hör schon auf, Cam. Du siehst doch, dass das Mädchen vollkommen abgekämpft ist. – Kommen Sie. Ich werde Ihnen Ihr Zimmer zeigen«, sagte Marg.

Gerade wollte Jen sich zum Gehen wenden, als ihr schweres Gepäck ihr wieder einfiel. Sie war sich nicht sicher gewesen, wie das Wetter in Sydney im September sein würde. In Australien war Frühling – aber was bedeutete das genau? Das Internet hatte sich nicht als besonders hilfreich erwiesen. Wenn sie den Wetternachrichten der verschiedenen Anbieter Glauben schenkte, war im Frühling von sommerlicher Hitze bis hin zu kalten, feuchten Tagen so ziemlich alles möglich. Also hatte sie kurzerhand Kleidung für alle Eventualitäten eingepackt. Mit dem Erfolg, dass ihr Koffer schwer war. Sehr schwer.

»Oh …« Sie drehte sich um und machte eine hilflose Handbewegung in Richtung des Monstrums von Koffer.

»Machen Sie sich keine Gedanken über Ihr Gepäck. Ich kümmere mich darum«, sagte Crane.

Jen sah ihn abwartend an. Er überschlug sich nicht gerade, um ihr zu helfen, oder? Dabei musste ihm doch klar sein, dass sich auch ihr Schlafzeug in dem Koffer befand. Doch statt sich nützlich zu machen, schüttelte er lieber seine Bierdose, hörte erfreut, dass sie noch nicht leer war und nahm einen tiefen Schluck.

»Machen Sie sich nur keine Umstände«, fuhr sie ihn an.

Durch den Dampf hindurch konnte sie seine Augen frech funkeln sehen. »Mache ich nicht. Ich werde Roger bitten, sich ums Gepäck zu kümmern. Er ist mein Gärtner und der Mann für alle Fälle.«

Zu wütend, um zu sprechen, und zu müde, um sich eine vernichtende Antwort einfallen zu lassen, ergriff sie ihren Aktenkoffer und folgte seiner Angestellten.

Sobald sie das Haus betreten hatten, sagte Marg: »Ärgern Sie sich nicht über Cam. Er führt sich manchmal wie ein Arsch auf – aber es ist eben nur Show.«

»Tja. Darin scheint er wirklich gut zu sein.«

Die alte Dame lachte leise. »Ich denke, die nächsten Wochen werden ganz hervorragend.«

Jen war mehr als erstaunt, als es kurz darauf an ihrer Tür klopfte: Nicht Roger, der Mann für alle Fälle, sondern Cameron Crane höchstselbst stand vor ihr. Er trug ihren Koffer, als würde der nichts wiegen.

Und er war angezogen. Gott sei Dank.

»Das ist ja eine Überraschung«, sagte sie und trat zur Seite, damit er den Koffer in ihr Schlafzimmer bringen konnte.

»Marg sagte, dass ich mich wie ein Arsch aufgeführt habe«, erklärte er ihr, und das geheimnisvolle Funkeln in seinen haselnussbraunen Augen schien anzudeuten, dass mehr in Cameron Crane steckte, als sie angenommen hatte.

»Marg ist eine sehr kluge Frau.«

Er lachte, breit und ungezwungen. Nun, da er ihr so nah war und diesmal kein Dampf ihn umwaberte, fielen ihr die kleinen Lachfältchen um seine Augen herum auf. Sie konnte ihn praktisch vor sich sehen, wie er in die Sonne blinzelte und seinen Blick über die rote Erde Australiens schweifen ließ. Sicher war er ein Surfer aus Sydney – aber es war das Outback, in dem er aufgewachsen war und das ihn geprägt hatte.

»Lassen Sie uns noch einmal ganz von vorn beginnen, ja?« Er streckte ihr seine Hand entgegen. »Ich bin Cameron Crane. Aber Sie können Cam zu mir sagen.«

Sie ergriff seine Hand und schüttelte sie. Sein Händedruck war warm, fest und sicher. Einen Moment länger als nötig hielt er ihre Hand in seiner.

Sie ließ es geschehen und redete sich ein, dass sie ihn einfach unterhaltsam fand – die unglaubliche Anziehungskraft, die er in diesem Moment auf sie ausübte, ignorierte sie.

»Also«, sagte sie und löste sich von ihm. »Arroganz hat nicht gezogen, jetzt versuchen Sie es mit Charme?«

Wieder lachte er auf. »Freut mich, dass es Ihnen aufgefallen ist.« Er ließ seinen Blick aufmerksam durch das Gästezimmer wandern. »Haben Sie alles, was Sie brauchen?«
»Ja, danke.« Das war das wohl außergewöhnlichste Kennenlernen, das sie jemals mit einem Klienten erlebt hatte. Innerhalb der ersten Stunde hatte sie ihn bereits nackt gesehen und sie waren in ihrem Schlafzimmer gelandet.
Morgen, wenn sie ausgeschlafen war, würde sie ihr Verhältnis auf eine professionelle Ebene bringen. Morgen.
Als Cameron Crane bemerkte, dass sie mühsam ein Gähnen unterdrückte, ging er zur Tür. »Schlafen Sie gut«, sagte er. Und dann war er verschwunden.
Während sie ihre Sachen für die Nacht aus dem Koffer zog, kehrten ihre Gedanken unwillkürlich immer wieder zu ihm zurück. Zuerst hatte sie in ihm nichts weiter als einen arroganten, biertrinkenden Idioten gesehen. Doch als er gerade wegen des Koffers bei ihr gewesen war, hatte er eine ganz besondere Wärme verbreitet, etwas Liebenswürdiges. Solche Widersprüchlichkeiten faszinierten sie. Dabei wollte sie von Cameron Crane nicht fasziniert sein – lediglich gutbezahlt.

Die nächsten paar Wochen würden eine ziemliche Herausforderung werden. Mit diesem Gedanken fiel sie ins Bett und fragte sich noch, ob sich kühle, frische Laken jemals so gut angefühlt hatten …

Jen schreckte hoch. Für einen Moment wusste sie nicht, wo sie war. Ein paarmal blinzelte sie verwirrt in die Dunkelheit. Sie war todmüde, hellwach und hatte einen Bärenhunger – alles auf einmal. Allmählich kehrte ihre Erinnerung zurück, und ihr fiel wieder ein, wo sie sich befand. Und warum sie hier war. Unwillkürlich verfinsterte sich ihre Miene, und sie drehte sich um, damit sie einen Blick auf den Radiowecker neben ihrem Bett werfen konnte. Drei Uhr morgens. Die grünlich fluoreszierenden Ziffern verkündeten die Zeit, als handelte es sich dabei um gute Neuigkeiten. Sie stöhnte auf, drehte sich wieder um und kniff die Augen zu. Doch wer konnte schon schlafen bei dem Lärm, den ihr knurrender Magen verursachte?

Es war hoffnungslos. Seufzend schaltete sie die Nachttischlampe ein. Das Licht erhellte die Wände, die in einem blassen Blaugrau gestrichen waren, und fiel auf ein paar Gemälde. Eines stellte tropische Blumen, ein anderes ein Segelboot auf blaugrünem Wasser dar. Solche Bilder waren typisch für Gästezimmer. Allerdings hatte Jen am vergangenen Abend bei genauerer Betrachtung herausgefunden, dass es sich bei diesen Kunstwerken um Originale handelte. Und außerdem waren sie gut, obwohl sie den Künstler nicht kannte. Vermutlich war es ein australischer Maler.

Die blau und grün gemusterte Tagesdecke auf dem Bett und die Rattanmöbel griffen das Tropenthema wieder auf. Jen erhob sich aus dem Bett. Im Augenblick wären ihr Bilder von Amateuren und billige Tagesdecken mit Blumenmuster in irgendeinem einfachen Hotelzimmer lieber gewesen. Denn in einem Hotelzimmer hätte sie wenigstens über die Minibar herfallen können. In einem Privathaus musste sie ihren Hunger dagegen ertragen und sich ruhig verhalten, bis es endlich Morgen war.

Da sie sowieso wach war, holte sie ihren Laptop hervor. Sie konnte ebenso gut etwas Nützliches tun.

Doch im nächsten Moment verspürte sie einen stechenden Schmerz im Magen. Missmutig fragte sie sich, warum sie sich in Cameron Cranes Haus überhaupt wie ein höflicher Gast benehmen sollte, wenn sie eigentlich gar nicht hier sein wollte. Wieder knurrte ihr Magen. Sie war so hungrig, dass ihr allmählich übel wurde.

Mit einer entschlossenen Geste klappte sie ihren Laptop zu.

Wenn es auf diesem Anwesen etwas zu essen gab, würde sie es ausfindig machen. Sie schlüpfte in ihren Bademantel und die Frotteelatschen, ohne die sie nie verreiste, und schob sich das Haar aus dem Gesicht.

Leise öffnete sie die Tür und trat auf den Flur hinaus. Im Haus schienen alle zu schlafen. Vorsichtig tapste sie die Stufen hinunter und durch einen Flur, der in den hinteren Teil des Hauses führte, wo die Küche sein musste.

Ohne Probleme fand sie den richtigen Weg. In den Fluren gab es kleine Nachtlichter – ideal für Menschen, die vom Jetlag geplagt waren, doch normalerweise eher ungewöhnlich.

Die Küche passte zum Rest des Hauses und war, wie nicht anders zu erwarten, riesig: Sie wirkte wie eine Restaurantküche, modern und kühl. Jen schaltete die Deckenlampe ein. Der Glanz der Fronten aus Edelstahl und der blankpolierten, schwarzen Arbeitsflächen blendete sie. Alles wirkte scharfkantig und kalt. Was hatte Crane bei dieser Einrichtung nur inspiriert?

Fröstelnd ging sie zum Kühlschrank, wo sie Orangensaft und Joghurt fand. Nachdem sie ein biss-

chen in den Schränken gestöbert hatte, förderte sie noch ein Müsli zutage.
Sie hatte gerade zu essen begonnen, als genau das geschah, was sie am meisten gefürchtet hatte – und was sie gegen drei Uhr morgens eigentlich nicht für möglich gehalten hätte.
»Sie sind früh auf den Beinen«, erklang die klare Stimme mit dem leicht amüsierten Unterton, die sie bis Sonnenaufgang nicht hatte hören wollen.
»Jetlag«, erwiderte sie und machte sich nicht die Mühe, sich umzudrehen.
Sie nippte an ihrem Orangensaft und überlegte, ob sie einfach behaupten sollte, sie wäre satt, um sich schnell auf ihr Zimmer zurückziehen zu können. Das Problem war nur, dass sie nicht satt war. Im Gegenteil: Sie hatte noch immer wahnsinnigen Hunger.
Cameron Crane ging an ihr vorbei und lehnte sich an eine Anrichte. Sein Blick wanderte von ihrem Gesicht zu ihren Füßen und wieder zurück. *Himmel, hat der Mann überhaupt keine Manieren?*
Zwar hatte sie ihren Morgenmantel an, aber die Art, wie Crane sie ansah, erinnerte sie daran, dass sie nichts darunter trug. Sie war nur zwei relativ dünne Kleidungsstücke davon entfernt, nackt zu sein – und so fühlte sie sich auch.

Wenigstens war ihr Gastgeber noch vollständig bekleidet – bis auf die bloßen Füße.
»Ich hoffe, ich habe Sie nicht geweckt?«, fragte sie höflich.
»Nein. Ich war in meinem Arbeitszimmer und habe gearbeitet.«
Sie hob die Augenbrauen.
»Mitten in der Nacht?«
Achselzuckend antwortete er: »Ich brauche nicht viel Schlaf.« Er betrachtete sie eindringlich. »Ich würde sagen, dass Sie für heute Nacht genug geschlafen haben. Kommen Sie nach hinten, wenn Sie fertig sind mit Ihrem Frühstück. Ich habe etwas zu lesen für Sie.«
»Ich bin mir sicher, dass ich sofort wieder einschlafen könnte«, schwindelte sie. Stundenlanges Solitärspielen am Laptop erschien ihr im Moment reizvoller als ein Treffen mit dem Geschäftsführer von *Crane*. Und das auch noch in aller Herrgottsfrühe.
»Nehmen Sie die Unterlagen trotzdem mit aufs Zimmer. Die Lektüre wird Sie in den Schlaf langweilen.«
Was sollte sie sagen? »Also gut.«
Er schlenderte lässig zur Spüle. Unwillkürlich musste sie an den Anblick denken, als ihn nichts

bedeckt hatte außer ein bisschen Dampf und ein paar Wassertropfen.
Crane nahm sich ein Glas Wasser. »Ich lasse Sie dann allein. Mein Arbeitszimmer ist dort hinten.« Mit einem Kopfnicken wies er auf eine Tür am anderen Ende der Küche und verschwand.
Jen beendete ihr karges Mahl. Doch wie Crane schon vorausgesagt hatte, fühlte sie sich kein bisschen schläfrig. Vorsorglich hatte sie ihre Uhr längst auf Sydney-Zeit umgestellt – aber das hielt sie nicht davon ab auszurechnen, dass es in San Francisco ungefähr achtzehn Stunden früher war, also etwa neun Uhr morgens.
Nachdem sie aufgeräumt und alles zurückgestellt hatte, lief sie wieder hinauf in ihr Zimmer. Cameron Crane mochte ihr vielleicht vorschreiben können, was sie zu tun hatte, aber um nichts in der Welt würde sie mit ihm in ihrem Morgenmantel übers Geschäft reden.
Im Übrigen wusste sie, dass ihr Verlobter Mark Forsythe in San Francisco hellwach war und dringend darauf wartete zu hören, ob sie gut angekommen war. Er war ein Schatz – er war ruhig, zuverlässig, hatte ein gutes Herz, und er sorgte sich um sie.
Sie rief ihn an. Und als hätte er neben dem Telefon Wache gehalten, meldete er sich bereits nach dem

ersten Klingeln. Tatsächlich waren seine ersten Worte: »Ich bin so froh, dass du anrufst. Ich habe mir schon Sorgen gemacht, ob du gut angekommen bist. Wie war der Flug?«
»Lang und anstrengend.«
»Vergiss nicht, viel Wasser zu trinken. So ein Jetlag kann mörderisch sein.«
»Ich weiß. Hier ist es drei Uhr morgens, und ich habe gerade gefrühstückt.«
Er lachte. »Bevor ich es vergesse: Gib mir mal den Namen deines Hotels und deine Zimmernummer.«
Einen Moment lang zögerte sie. Sie liebte Mark und wollte ihn nächstes Jahr heiraten – doch in manchen Dingen war er ein bisschen altmodisch. Er würde vor Wut platzen, wenn er erfuhr, wo sie sich aufhielt. Selbst sie war noch immer wütend und hatte sich nicht beruhigt. Im Augenblick konnte sie ganz sicher keine weiteren Schwierigkeiten gebrauchen.
»Mein Terminplan wird bestimmt voll sein. Also halte ich es für besser, wenn ich dich einfach anrufe. Ich habe mein Handy immer bei mir.«
»Gut.« Er vertraute ihr und war so lieb. Jen rief sich sein Gesicht in Erinnerung: gutaussehend und nett, mit klaren blauen Augen und kurzem

schwarzem Haar. So ganz anders als Cameron Crane mit seinem aschblonden Haar und diesen Augen, die mal grau, braun oder grün schimmern konnten. Mark war immer glattrasiert. Crane hingegen schien auf so etwas nicht zu achten.

Als hätte er ihre Gedanken erraten, fragte Mark: »Hast du deinen Klienten schon gesehen?«

»Ja. Kurz.« Und zwar in seiner ganzen Pracht – aber dieses Detail behielt sie lieber für sich.

»Und wie war der erste Eindruck?« Da Mark nicht nur ihr Verlobter war, sondern als ihr Steuerberater auch häufig für ihre Marketingfirma arbeitete, sprachen sie oft übers Geschäft. Es half ihr, mit ihm im Vorfeld über neue Ideen zu sprechen. Sie war die Kreative, er der Logiker. Darum waren sie ein so gutes Team. Also seufzte sie und sagte: »Ich würde sagen, er ist dynamisch, besessen, launenhaft … und herrschsüchtig.« *Und hat einen tollen Körper.*

»Du magst ihn nicht.«

Sie lachte. »Du kennst mich einfach zu gut. Wenn mein erster Eindruck sich nicht als komplett falsch herausstellt …« Sie machte eine vielsagende Pause. »Er ist der Kunde. Ich werde meine Gefühle natürlich für mich behalten«, erklärte sie dann. »Aber nein, ich mag Cameron Crane nicht.«

3. Kapitel

Sie kann mich nicht ausstehen, dachte Cam, als ihm klar wurde, dass Jennifer Talbot nicht mehr in der Küche saß und frühstückte. Er hatte erwartet, dass sie zu ihm kommen würde, sobald sie fertig war. Doch jetzt sah es so aus, als wäre sie geflüchtet. Nicht, dass er es ihr verübeln könnte – er hatte sich wie ein Arsch benommen.

Er rollte mit seinem Schreibtischstuhl ein Stückchen zurück und dachte darüber nach, warum er sich so verhalten hatte. Denn eigentlich hatte er sich vorgenommen, diese Frau so schnell wie möglich in sein Bett zu locken. Und da war es ziemlich dumm, sie zu verärgern. Doch irgendwie reizten die Coolness in ihren blauen Augen und das sorgsam gepflegte blonde Haar ihn dazu, sie ein bisschen durcheinanderzubringen.

Dumm, weil er es sich durch sein Benehmen nicht gerade leichter gemacht hatte, sie zu verführen.

Aber er wäre nicht so verdammt erfolgreich, wenn er Herausforderungen aus dem Weg gehen würde. Im Gegenteil. Und wenn die Herausforderung aussah wie das Model auf dem Cover eines Hochglanzmagazins, nach Pfirsichen duftete und ihn anblickte, als hätte sie ihn durchschaut, hatte er keine andere Wahl: Er *musste* sie verführen.

Ach, wem wollte er etwas vormachen? Wenn sie irgendeine Frau gewesen und er ihr irgendwo begegnet wäre, hätte er sie genauso verlockend gefunden. Sie war all das, was er nicht war und doch insgeheim bewunderte: ordentlich, cool, sorgfältig und wohlerzogen.

Im Flur näherten sich Schritte, und Cam war ehrlich erfreut, dass sich seine erste Einschätzung doch als richtig erwiesen hatte. Jennifer Talbot scheute eine Herausforderung genauso wenig wie er selbst. In ihren zartblauen Augen hatte er einen kämpferischen Ausdruck wahrgenommen. Einen Ausdruck, den er genau kannte. Er sah ihn jeden Morgen, wenn er in den Spiegel blickte.

Als sie an die Tür klopfte, die offen stand, und das Zimmer betrat, musste er sich ein anerkennendes Lächeln verbeißen. *O ja. Sie ist in der Tat eine Kämpferin.* Sie war von der Bluse bis hin zu den Schuhen komplett angezogen. Weder war sie im Morgenmantel zu ihm gekommen, noch war sie schnell in eine Jeans und ein T-Shirt geschlüpft. Nein. Sie trug eine blaue Hose mit einer Bügelfalte, die so scharf war, als könnte man sich daran schneiden. Dazu hatte sie ein seidiges weißes Top angezogen, das ihre Figur verführerisch umschmeichelte, und elegante weiße Sandalen. Ihr Haar schimmerte weich und blond. Das zarte Gloss auf ihren Lippen deutete darauf hin, dass sie sich geschminkt hatte. Und falls er irgendwelche Zweifel daran gehabt haben sollte, dass ihr Besuch im Morgengrauen nicht ausschließlich beruflich bedingt war, zerstreute sie diese mit dem schmalen Aktenkoffer, den sie in der Hand hielt.

Es war zwanzig vor vier am Morgen, und sie sah aus, als wäre sie bereit für die Jahreshauptversammlung seiner Firma.

In ihrem Nachthemd und mit zerzaustem Haar hatte sie ihm weitaus besser gefallen. Und er wettete, dass sie das wusste.

»Ich bin froh, dass ich die Möglichkeit habe, mit Ihnen zu sprechen«, sagte sie mit diesem Akzent, den sogar er als durch und durch kalifornisch erkannte. Sanft, ein bisschen gehaucht und voller Sonnenschein und Meer. »Ich denke, es wäre für uns beide besser, wenn ich in ein Hotel ziehen würde.«

Es überraschte ihn ein wenig, dass sie sich so kurz nach ihrer Ankunft bereits ins Gefecht stürzte – und das, obwohl sie sehr wenig Schlaf bekommen hatte. Dafür konnte er sie nur bewundern. Er beugte sich ein wenig vor und bedeutete ihr, sich zu setzen. »Ich arbeite viel von zu Hause aus. Das ist einfach effizienter. Und Sie scheinen mir eine Frau zu sein, die es schätzt, wenn man keine Zeit vergeudet.«

»Sicher, aber …«

»Wie Sie feststellen werden, bin ich tagsüber sehr stark eingespannt. Sie werden mich kaum zu Gesicht bekommen. Hier haben Sie hingegen«, er sah sie vielsagend an, »vollen Zugriff auf mich.« *Und wie.* Er stand ihr nicht nur in geschäftlichen Fragen jederzeit zur Verfügung – wenn ihr danach wäre, dürfte sie gern auch einfach über ihn herfallen. Beim Anblick ihrer verkniffenen Miene musste er sich ein Lachen verbeißen. *Sieht im Moment nicht ganz danach aus, als würde das demnächst passieren.* Oh, aber es *wird* passieren, entschied er. Sein Liebesleben war in letzter Zeit ein wenig eintönig gewesen. Er hatte sich mit Frauen getroffen, die jung und zu jedem Spaß bereit waren und an seiner Seite gut aussahen. Möglicherweise wurde er allmählich älter, aber manchmal sehnte er sich nach mehr. Jennifer Talbot gehörte ohne Zweifel in die Kategorie »mehr«. Sie war nicht mehr so jung wie die Frauen, mit denen er für gewöhnlich ausging, und obwohl sie gut aussah – fantastisch, um genau zu sein –, handelte es sich bei ihr doch um eine andere Art von »hübsch«. Normalerweise verabredete er sich mit Mädchen, deren Bild höchstens in der Klatschspalte abgedruckt wurde. Jennifer Talbots Foto fand man hingegen im Wirtschaftsteil.

Und Spaß? Ob sie wusste, wie man Spaß hatte? Wahrscheinlich, aber es schien, als wäre sie auf dem Weg, genau das zu vergessen. *Verdammt.* Diese Frau zu verführen, würde mit Sicherheit aufregender werden, als mit dem neuesten Board am Bells Beach zu surfen.

»Ich kann Ihren Standpunkt nachvollziehen, Mr. Crane. Aber mein *Verlobter* ist leider ein wenig altmodisch, was das betrifft. Es würde ihm nicht gefallen zu wissen, dass ich bei Ihnen zu Hause wohne.«

Also hatte sie einen Typen an der Angel. Das überraschte ihn nicht. Und als er sich nun die Mühe machte, genauer hinzusehen, entdeckte er an ihrem Ringfinger einen mit Diamanten besetzten Verlobungsring.

»Ich bin nicht der Perversling des Dorfes, Schätzchen. Wenn Sie mit mir schlafen, werden Sie es aus freien Stücken tun – weil Sie nicht anders können.« Er unterdrückte ein Lachen, als sie ganz offensichtlich eine übereilte Antwort herunterschluckte. »Nein. Tun Sie das nicht. Verkneifen Sie sich nicht das, was Sie eigentlich sagen wollten. Ich sage immer, was mir durch den Kopf geht, und ich schätze das auch an den Menschen, die mir nahe sind.«
»Die mit Ihnen *zusammenarbeiten*«, versetzte sie wütend. »Wir sind einander nicht *nahe*.«
»Sehen Sie? Fühlen Sie sich nicht besser, nachdem Sie es ausgesprochen haben?«, fragte er anerkennend.
»Also gut. Wenn Sie schon mal danach fragen. Während meiner Recherche zu Ihrer Person habe ich herausgefunden, dass Ihnen nachgesagt wird, ziemlich wild zu sein.«
Er kannte seinen Ruf sehr genau und tat alles dafür, um dem auch gerecht zu werden. Er war davon überzeugt, dass ihm dieser Ruf dabei half, seine Produkte zu verkaufen. »Richtig. Sie meinen, dass ich trinke, rebelliere und Frauen verführe?«
Sie nickte. »Und dass Sie sich prügeln.«
»Ich habe einen aufdringlichen Kameramann ge-

schlagen, der mir ein bisschen zu oft zu sehr auf die Pelle gerückt ist. Die Geschichte wurde total aufgebauscht«, versicherte er ihr. Mit einem Mal fiel ihm auf, wie zart ihre Haut war und dass im Blau ihrer Augen winzige dunkle Flecke waren.

»Und das Trinken, Feiern und die Frauengeschichten?«

»Sind meine Hobbys«, erklärte er.

»Tja, die ersten beiden machen mir auch keine Sorgen, aber …« Sie räusperte sich. »Wenn ich hierbliebe, würden Sie mir dann versprechen, dass … dass es keine …«

Wieder verstummte sie. Und wieder kam er ihr zu Hilfe. »Dass ich Sie nicht verführe?«

Sie errötete, doch sie nickte. Das würde noch viel mehr Spaß machen, als er angenommen hatte.

»Schätzchen, ich verspreche Ihnen, dass ich Sie auf jeden Fall verführen werde.«

Herausfordernd funkelte sie ihn an. Der Blick aus ihren blauen Augen provozierte ihn, reizte ihn, es zu wagen – wie eine riesige Welle, die sich hinter ihm und seinem Board aufbaute. Vielleicht würde es mit einem schmerzhaften Sturz enden, aber wenigstens hatte er einen Ritt, an den er sich immer erinnern würde.

»Sie können es versuchen«, sagte sie kühl.

»Ich bin fair. Ich sage es Ihnen von vornherein. Sie sind hübsch, interessant und klug, und ich bin ein heißblütiger Kerl, der Frauen liebt. Aber es liegt an Ihnen. Wenn Sie Ihren Mann zu Hause wirklich so sehr lieben, werden Sie nicht in Gefahr geraten, mir zu verfallen. Stimmt's?«

Sie erwiderte seinen Blick. In ihren Augen stand alles, was er wissen musste. Offensichtlich spürte sie das Knistern zwischen ihnen genauso wie er. Sie war verwirrt. Und sie liebte den Kerl, der daheim auf sie wartete, nicht.

Wie lange würde es dauern, bis sie selbst das einsah?

»Ich habe hier den letzten Bericht über unsere Absatzzahlen in Australien und Neuseeland und über das Budget, das wir vorläufig für die Expansion auf den kalifornischen Markt eingeplant haben.« Er reichte ihr eine Mappe. »Leichte Lektüre«, erklärte er grinsend

Mit spitzen Fingern nahm sie den Bericht entgegen und achtete darauf, so viel Abstand wie möglich zwischen sich und Crane zu halten. Sie ließ die Unterlagen in ihren silbernen Metallaktenkoffer gleiten, klappte den Deckel zu, erhob sich und ging zur Tür.

»Oh, Jennifer?«

Mit hochgezogenen Augenbrauen wandte sie sich zu ihm um.
»Süße Träume.«
Sie rollte mit den Augen, als wäre er irgendein Bauarbeiter auf einer Baustelle, der ihr hinterhergepfiffen hatte, und ging.

Der Firmensitz von *Crane Enterprises* war ein restauriertes viktorianisches Lagerhaus in einem Viertel in der Nähe des Hafens, das *The Rocks* genannt wurde. Jen hatte vermutet, das Firmengebäude befände sich im *Central Business District* oder *CBD*, wie die Australier, die eine Schwäche für Abkürzungen zu haben schienen, den Stadtteil nannten. Aber nein, *Crane* lag im historischen Viertel Sydneys. Die verblassten und schmutzigen roten Backsteine sahen in Verbindung mit Materialien wie Holz und Glas, die beim Bau der Büros von *Crane* hauptsächlich verwendet worden waren, schon wieder hip aus.
Die Frau am Empfang war jung und vollbusig. Für Jens Geschmack hatte sie ihre Bluse ein bisschen zu weit aufgeknöpft. Und sie war bestimmt nicht älter als zwanzig.
Sie wusste, wer Jen war, und führte sie umgehend in ein leerstehendes Büro.

»Cam sagte, dass Sie dieses Büro nehmen sollen. Das Telefon funktioniert, in den Schubladen finden Sie Büromaterialien, und ich stehe Ihnen als Assistentin zur Verfügung, falls Sie irgendwelche Wünsche haben.« Sie grinste, was sie zugleich sexy und spitzbübisch wirken ließ. Irgendwie wurde Jen das Gefühl nicht los, dass Cameron Crane sein Team nach BH-Größe und nicht nach Anschlägen pro Minute eingestellt hatte. »Ich bin Fiona«, sagte das Mädchen.

»Danke, Fiona. Könnten Sie sich mal darum kümmern, dass alle Personen auf dieser Liste heute gegen ...«, sie warf einen Blick auf ihre Uhr, »... sagen wir, elf Uhr zu einem Meeting zusammenkommen?«

»Sicher.«

»Wenn Sie mir assistieren, könnten Sie dann auch dabei sein und Protokoll führen? Gibt es jemanden, der Sie so lange am Empfang vertreten kann?«

»O ja. Keine Sorge«, entgegnete Fiona und nahm die Liste an sich, die Jen anhand des Stellenplanes zusammengestellt hatte.

Der Konferenzraum war voll, als Jen um Punkt elf Uhr erschien. Ein flüchtiger Blick genügte, um zu erkennen, dass nicht nur die geladenen Mitarbeiter, sondern darüber hinaus noch weitere Personen gekommen waren. Das war besser, als wenn sich nur eine spärliche Anzahl von Teilnehmern eingefunden hätte. Offenbar bestand ein Interesse daran zu erfahren, was sie erreichen wollte.

Jen sah sich um. Dass es sich um ein Konferenzzimmer handelte, wurde lediglich durch das Schild an der Tür deutlich. In einer anderen Umgebung hätte man meinen können, diese Gruppe von Menschen wäre zusammengekommen, um Beachvolleyball zu spielen oder in irgendeiner Bar abzuhängen oder … nein, jetzt hatte sie es: um zu surfen. Sie alle sahen wie Surfer aus – vom Salesmanager bis hin zu Fiona, die Protokoll führen sollte. Sonnengebräunt, jung und sportlich. Sie bezweifelte, dass es irgendjemanden in diesem Zimmer gab, der über dreißig war. Na ja, bis auf sie natürlich – mit einunddreißig die Großmutter dieses Haufens. Und Cameron Crane selbstverständlich, der am Ende des Konferenztisches aus hellem Holz Platz genommen hatte. Er war ein paar Jahre älter als sie.

Dass er gekommen war, freute sie. Immerhin hatte er eine Menge geschäftlicher Interessen und Verpflichtungen, so dass sie annahm, dass er ein vielbeschäftigter Mann war. Es war nicht weiter wichtig, dass er vermutlich nur gekommen war, um sie zu kontrollieren. Seine Anwesenheit war vor allem auch ein Signal an die Mitarbeiter, sie ernst zu nehmen.

Zwar hatte Jen nicht angenommen, dass die leitenden Angestellten von *Crane* sich wie Wall-Street-Banker kleiden würden. Aber sie hatte auch nicht damit gerechnet, dass sie aussehen würden, als hätten sie vor der Arbeit ein bisschen gesurft und noch Sand in ihren Shorts.

Surfshorts, grellbunte T-Shirts, Kakihosen, Miniröcke – es schien, als wäre alles erlaubt. Cam selbst trug das bunteste T-Shirt von allen. Das Rot war so grell, dass ihre Augen weh taten, wenn sie hinsah, und wurde von neongelben Blumen mit violetten Stempeln leicht abgemildert.

Sie war davon ausgegangen, dass es im Büro eher locker zugehen würde. Deshalb hatte sie eine ärmellose weiße Bluse angezogen, dazu einen königsblauen Rock und schicke Sandalen. In dieser Runde wirkte sie dennoch vollkommen overdressed.

»Gefällt Ihnen das Shirt?« Cam grinste sie an, als sie wie hypnotisiert auf sein Hemd starrte.

»Ich kann gar nicht in Worte fassen, was ich beim Anblick des T-Shirts empfinde.«

Er lachte leise. »Es ist ein Teil aus unserer Modekollektion. *Crane Casuals.*« Als ob es etwas wie formelle Kleidung aus dem Hause *Crane* geben würde …

Er erhob sich und trat zu ihr, um sie zu begrüßen. Ihr fiel auf, dass er eine lässig geschnittene schwarze Cargohose zu dem Shirt trug. »Hört mal zu. Das hier ist Jennifer Talbot aus den USA. Ihr stellt euch gleich am besten selbst kurz vor«, sagte er.

»Ja, das ist eine gute Idee.«

»Hier. Willkommen bei *Crane* und in Australien.« Er reichte ihr eine Tüte aus Zellophan. Darin befanden sich zwei Tanktops aus Lycra und Baumwolle, wie sie annahm. Eines war rot, das andere aquamarin. Ein weites T-Shirt mit Blumenmuster – nicht so schrill wie Cams Shirt, aber trotzdem so grell, dass man beim Betrachten besser eine Sonnenbrille aufsetzte – passte zu beiden. Und um das Ensemble zu vervollständigen, gab es noch blaue Surfershorts mit Kordel, die dasselbe Muster zierte wie das T-Shirt.

»Gefallen Ihnen die Shorts?« Cam beobachtete schmunzelnd, wie Jen sie näher betrachtete.

»Ja. Danke«, erwiderte sie und hielt die kurze Hose hoch. Alle grinsten. Und so entschloss sie sich, ihnen zu beweisen, dass sie Teil ihres Teams sein

konnte – oder es zumindest versuchen wollte. Sie nahm das T-Shirt aus der Tüte und zog es sich kurzerhand über. Andere Länder, andere Sitten …
»Jetzt muss ich mir keine Sorgen mehr machen, dass ich auf See verlorengehen könnte«, scherzte sie schwach, und wünschte sich insgeheim, sich so ausgeschlafen und munter zu fühlen, wie sie es am Morgen um drei Uhr gewesen war. Im Augenblick sehnte sie sich nur noch danach, sich zusammenzurollen und ein Nickerchen zu machen.
Sie warf Cam Crane einen verstohlenen Blick zu. Ja, das Shirt machte sie schneller munter als ein doppelter Espresso – oder »kurzer Schwarzer« wie man es hierzulande nannte. Das hatte sie am Morgen auf dem Weg ins Büro gelernt, als sie aus dem Taxi gestiegen und noch schnell in ein Café gehuscht war. Cameron Crane hatte ihr vorgeworfen, verrückt zu sein, weil sie darauf bestand, mit dem Taxi ins Büro zu fahren. Immerhin fuhr er dieselbe Strecke mit seinem eigenen Wagen. Tja, wenn *er* sich nicht bewusst war, was für einen Eindruck es auf seine Angestellten machte, wenn sie um neun Uhr morgens mit ihm im Schlepptau in der Firma auftauchte – *sie* war es. Schließlich ging es in ihrem Job um nichts anderes als darum, Images zu erschaffen.

Sie nahm am anderen Ende des langen ovalen Tisches Platz und lauschte aufmerksam, als jeder einzelne der Mitarbeiter sich vorstellte. Da sie wusste, dass Image und Realität nicht immer übereinstimmten, vermied sie es, diese jungen Surfer nur nach ihrem Äußeren zu beurteilen. In diesem Raum mussten sich einige kluge Köpfe befinden – Cameron Crane hatte es wohl kaum ganz allein geschafft, die erfolgreichste Firma für Surf- und Boogieboards in der südlichen Hemisphäre aufzubauen.

»Okay«, sagte sie, als die Vorstellungsrunde beendet war. Sie wandte sich um, ließ ihren Blick durch den Raum schweifen und spürte bei jeder Bewegung, die sie machte, den Stoff ihres spektakulären neuen T-Shirts an ihren Oberarmen. An den Wänden hingen Hochglanzposter, Werbeanzeigen aus Magazinen und Fotos von *Crane Surf and Boogie Boards* und der Modelinie. Jedes Bild trug das kleine schwarze Logo mit dem Kranich.

Ihre Werbeanzeigen waren geradeheraus und ehrlich. Die Menschen auf den Fotos trotzten Wellen und besiegten riesige Brecher, die Jen – eine waschechte Kalifornierin von Geburt an – erschaudern ließen. Soweit sie es erkennen konnte, waren die Aufnahmen nicht in einem Studio gemacht oder

besonders aufwendig retuschiert worden. Sie waren so natürlich, so ursprünglich wie die kraftvollen Wellen selbst – und sie hatten es in sich.
Dies waren Surfprodukte für eingefleischte Surfer. Aber wenn sie ihnen bei der Markteinführung in den USA helfen sollte, würden sie sich eine andere Herangehensweise überlegen müssen.
Sie wandte sich wieder den Mitarbeitern zu, die sie teils neugierig, teils ausdruckslos und einige von ihnen möglicherweise auch verkatert musterten. Und dann sah sie zu dem Mann am Ende des Tisches, in dessen Blick sie nur eines las: *Komm in mein Bett.* Sie tat ihr Bestes, um ihm eine Botschaft zurückzusenden: *Vergiss es.* Schließlich entschloss sie sich, seine Anwesenheit fürs Erste besser zu ignorieren.
»*Crane Enterprises* hat den Markt in Australien sowie Neuseeland gesättigt. Habe ich recht?«
Um den Tisch herum nickten alle.
»Also habt ihr euch überlegt: Man surft in Kalifornien, man surft auf Hawaii – warum sollten wir diese Märkte dann nicht auch erobern?«
Noch mehr Nicken.
»Und wie wollen wir das erreichen?«
Alle sahen sie an, als wollten sie sagen: *Wozu, glauben Sie, haben wir Sie engagiert?*

»Der größte Teil ausländischer Produkte, die auf dem amerikanischen Markt verkauft werden sollen, floppt. Nicht, weil die Produkte nicht gut wären, sondern weil die Leute sie nicht kaufen.«
Wieder nickten alle, doch auf den jugendlichen Gesichtern zeichneten sich auch ein paar Sorgenfalten ab.
»*Ich* kenne den kalifornischen Markt, wo wir beginnen werden. Aber *ihr* kennt das Produkt. Also erklärt mir, warum ein Jugendlicher in Kalifornien, der noch nie etwas von *Crane* gehört hat, ausgerechnet eines von euren Boards kaufen sollte.«
»Weil sie die besten Boards der Welt sind«, erklang eine junge männliche Stimme.
»Können Sie diese Behauptung begründen?« Sie hatte all die Werbesprüche gelesen, die das *Crane*-Team ihr geschickt hatte, aber sie wollte wissen, was die Leute, die das Produkt herstellten, darüber dachten.
»Allerdings. Ich bin der Chefkonstrukteur – ich sollte es wissen. Wir designen und bauen Bretter, die schnell sind, gleitfähig, beweglich und die sehr sensibel auf jede Bewegung reagieren. Ich war *Surfboard Glasser*, als ich Cam traf, und er war *Shaper*. Wir sind bekannt für unsere Longboards, aber wir fertigen alles an – von langen Brettern bis hin zu

Shortboards, Kneeboards und Boards für Anfänger. Es sind Spitzenprodukte.«

Der Junge sah nicht einmal alt genug aus, um sich zu rasieren. Doch er war der Chefkonstrukteur, der offenbar schon seit längerer Zeit für Cam arbeitete. Sie hatte gelesen, dass der sogenannte *Shaper* das Surfbrett gestaltete und die Form sogar den speziellen Bedürfnissen des zukünftigen Besitzers anpasste.

Der *Glasser* war für die Ummantelung mit Fiberglas und das anschließende Finish mit Harz zuständig.

»Woher wissen Sie, dass Ihre Boards die besten der Welt sind?«, fragte sie und blickte ihn herausfordernd an.

Der Junge schenkte ihr ein so breites Grinsen, dass sie sich ein Lachen verbeißen musste. »Weil ich sie alle ausprobiert habe.«

Sie blinzelte verwirrt. »Sie haben persönlich auf jedem Surfbrett der Welt gestanden?«

»Ja, ich glaube schon. Auf den Brettern der Konkurrenz auf jeden Fall. Auf ihren Topboards und einigen anderen. Nachdem ich sie getestet habe, überlasse ich sie den anderen im Büro.«

Wieder nickten alle. »Wir surfen alle.«

Selbstverständlich taten sie das. Es war vielleicht

ein unorthodoxer Weg, sein Team zusammenzustellen – doch der Erfolg gab ihnen recht.

»Okay, also stellt ihr ein Qualitätsprodukt her. Nennt mir noch weitere Gründe dafür, was *Crane*-Boards so besonders macht.«

»Wir bieten tolle Farben an«, sagte eine junge Frau. Sie war in den Zwanzigern, hatte aschblondes Haar und sah so aus, als sollte sie eigentlich modeln. Jen fühlte sich bei ihrem Anblick an die junge Elle MacPherson erinnert.

»Jetzt hör mal auf mit den Farben«, spöttelte der Chefkonstrukteur.

»Die Farbe ist wichtig, vor allem für Mädchen«, informierte der Elle-Klon ihn. Ihr Name war Brenda Spencer, wie Jen dank der Vorstellungsrunde wusste.

»Sie mag es, wenn ihr Surfbrett zu ihrem Nagellack passt.« Alle lachten, doch die junge Frau warf nur ihr langes lockiges Haar über die Schultern.

»Nicht nur die Surfboards, sondern auch die Neoprenanzüge, die Board-Taschen und sogar das Wachs und die Sonnencreme. Sicher, wir verkaufen nur das Beste, aber sollte das Beste nicht auch eine anständige Farbe haben?«

»Sie ist meine kleine Schwester. Ich muss ihr irgendeine Aufgabe geben«, zog Cam sie auf.

Das Mädchen war nicht eingeschnappt. Wieder warf sie nur ihr von der Sonne geküsstes Haar zurück und erinnerte Cam daran, dass es ohne sie gar keine Modelinie geben würde. Und hatte *Crane Casuals* im letzten Jahr nicht die Gewinne um achtzehn Prozent gesteigert?
Jen nahm an, dass Brenda an die Späße ihres Bruders gewöhnt und so selbstsicher war, dass es ihr nichts ausmachte. Eine Frau, die so umwerfend aussah, musste einfach vor Selbstbewusstsein nur so strotzen. Also war sie Cameron Cranes kleine Schwester. Sie hatten dieselbe Haarfarbe und strahlten die gleiche, leicht arrogante Sinnlichkeit aus.
Jen konzentrierte sich wieder auf die Diskussion, die gerade im Gange war, und nickte. »Großartig. Wir haben also Qualität, ausgefallene Farben und was noch?«
»Wir sind absolut wettbewerbsfähig und können mit den Preisen auf dem amerikanischen Markt konkurrieren – vor allem, weil der australische gegenüber dem amerikanischen Dollar schwächer im Kurs steht«, warf ein anderer junger Mann mit einem kleinen Ziegenbart und von Sonne und Wind geröteten Wangen ein.
Nach etwa einer Stunde hatte Jen eine Menge In-

formationen gesammelt. Und was noch wichtiger war: Sie hatte ein Gespür dafür bekommen, wer die Leute hinter Crane waren und wie sie arbeiteten. Cam selbst hatte sich kaum beteiligt, aber er hatte zugehört und alles genau beobachtet. Vor allem sie. Sie bemühte sich, seinen Blick nicht zu erwidern – sogar quer über den vollgestellten Konferenztisch hinweg war seine Wirkung umwerfend.

»Gut«, sagte sie, als allmählich wieder Ruhe einkehrte und das Meeting dem Ende entgegenging. »Ich denke, ihr habt unsere Stärken sehr schön getroffen. Es wird nicht leicht werden. Es wird sogar eine richtige Herausforderung. Aber ich denke, wir können eine Menge Spaß haben – vor allem, wenn ich sehe, wie viel Energie und Engagement hier herrschen.«

Sie lächelte. »Mir wurde ein Büro zur Verfügung gestellt. Also, kommt ruhig zu mir, wenn ihr irgendwelche Ideen habt. Wir werden eine Marketingstrategie und eine Werbekampagne entwerfen und einige Ziele festlegen. Ich hoffe, dass wir innerhalb eines Jahres nach Markteinführung fünf bis zehn Prozent des kalifornischen Marktes übernommen haben.«

»Ich will aber den Markt beherrschen«, ergriff Cameron Crane das Wort.

Als wäre das eine Überraschung. Er schien ihr ein Mann zu sein, der alles und jeden beherrschen wollte. Und aus genau dem Grund hatte er an diesem Morgen auch zusammen mit ihr in der Firma auftauchen wollen. Sie kannte den amerikanischen Markt – und das verlieh ihr einen gewissen Einfluss. Doch er wollte seinem Team deutlich machen, dass sie ihm dennoch untergeordnet war. Im Bett und im Geschäft.
Das Verhalten dieses Mannes war so augenfällig wie sein T-Shirt. Aber sie war schon von ganz anderen Kalibern herausgefordert worden und hatte nie verloren. Sie glaubte nicht, dass Cameron Crane und seine primitive Anmache ihr gefährlich werden konnten – obwohl sie ihm eine gewisse animalische Anziehungskraft nicht absprechen konnte.
Es hatte Spaß gemacht, ihn bei seinem Versuch zu beobachten, sie in sein Bett zu locken. Und ihn grandios scheitern zu sehen. Ob er auch nur einen Moment lang geglaubt hatte, raffiniert zu sein?

4. Kapitel

Sie sind offenbar jemand, der keine Zeit verliert«, sagte Cam, als er nach dem Meeting zusammen mit Jen das Konferenzzimmer verließ und sie zu ihrem Büro begleitete.

»Ich bin nur drei Wochen hier. Und es gibt eine Menge zu tun.«

»Ich glaube, dass ein Mensch alles erreichen kann, was er sich in den Kopf setzt«, erklärte er in einem Tonfall, der nichts mit Märkten oder Surfboards zu tun hatte.

Sie wünschte, dieser haarige, auffällig gekleidete, unzivilisierte Kerl würde sie nicht ... anziehen, doch sie war zu ehrlich, um das abzustreiten. Er war auf eine echte, ursprüngliche Art und Weise sexy. Aber er war so ziemlich das genaue Gegenteil von dem Typ Mann, auf den sie für gewöhnlich stand. Warum also schien ihr ganzer Körper zu reagieren, wenn er in ihrer Nähe war? Der Jetlag nahm sie offenbar mehr mit, als sie vermutet hatte.

»Mein Telefon funktioniert, ich habe einen Schreibtisch, Büromaterialien und eine Assistentin. Danke.«

»Gern geschehen. Sie sollten Australien und einige Sydneysider kennenlernen, während Sie hier sind.«

»Ja, ich weiß.«

»Fangen Sie doch mit mir an. Gehen Sie heute Abend mit mir essen.«

Sie lächelte. Also versuchte er es wieder auf die charmante Tour. »Zur Essenszeit werde ich bereits tief und fest schlafen.«

Doch sie wusste, dass sie zusammenarbeiten mussten. Deshalb hatte sie beschlossen, ihm auf einer freundlich-professionellen Basis entgegenzukommen. Und sein Spielchen konnte man auch zu zweit spielen. »Warum gehen *Sie* nicht mit *mir* zum Lunch?«

Ein gemeinsames Mittagessen erschien ihr weit weniger gefährlich. Und sie wollte diesen besonderen Sydneysider gern näher kennenlernen. Seine dynamische Persönlichkeit und seine schier grenzenlose Energie machten einen Großteil seines Erfolges aus. Aber sie musste herausfinden,

ob er dieselbe Stärke auch in die Expansion auf den amerikanischen Markt investieren würde. Und außerdem musste sie herausfinden, ob er irgendwelche Leichen im Keller hatte.
Sie konnte ein Gähnen nicht unterdrücken.
»Also gut«, sagte er und schenkte ihr ein Lächeln, das sie vollkommen verwirrte. »Am besten führe ich Sie in ein Lokal im touristischen Teil von *The Rocks*. Dort ist es auf alle Fälle laut genug, um jeden noch so müden Menschen wach zu halten.«
The Rocks war das älteste Stadtviertel von Sydney. Renovierte Lagerhäuser, Museen und kuriose kleine Läden beherrschten das Bild. Sie setzten sich vor eines der zahlreichen Restaurants. Und Jen war entzückt, zur einen Seite den Bogen der Harbour Bridge und zur anderen Seite die weißen Segel der Oper von Sydney sehen zu können.
»Am Wochenende findet hier ein großer Markt statt – falls Sie Andenken mit nach Hause nehmen wollen«, erklärte er. »Und da drüben befindet sich das älteste Pub von Sydney. Das selbstgebraute Bier dort ist sehr gut.«
Jen entspannte sich allmählich. Immerhin hatte Cam sich, seitdem sie das Büro verlassen hatten, ganz vernünftig verhalten, hatte ihr auf ihrem Weg hierher sogar etwas über die Stadt erzählt.

Das Restaurant wimmelte von Touristen, Geschäftsleuten und Stammgästen, die hier zu Mittag aßen. Sie schlug die Speisekarte auf, und ihr entging nicht, dass Cameron Crane keinen Blick in seine warf. Offensichtlich war er öfter hier.

»Mögen Sie Meeresfrüchte?«

»Sicher.«

»Sie müssen die *Moreton Bay Bugs* probieren.«

Moreton Bay Bugs? »Bugs« hieß übersetzt so viel wie »Ungeziefer« oder »Wanzen«. Entgeistert sah sie ihn an. »Sie machen Scherze.«

»Vertrauen Sie mir.«

»So dumm bin ich nicht.«

Er ließ ein teuflisches Lachen vernehmen und bestellte sie trotzdem. Jen entschied sich für einen Chefsalat.

Als die *Moreton Bay Bugs* serviert wurden, entpuppte sich das vermeintliche Ungeziefer als kleine Hummer.

»Kommen Sie«, sagte er. »Probieren Sie einen.« Mit seiner Gabel spießte er etwas von dem weißen Fleisch auf, tunkte es in die Butter und bot ihr den triefenden Bissen an.

Natürlich hätte sie nein sagen und seine Hand einfach wegschieben können. Doch sie konnte ihm ansehen, dass es genau das war, was er von ihr erwartete. Irgendwie wollte sie ihm die Genugtuung, sie durchschaut zu haben, nicht gönnen. Deshalb öffnete sie den Mund und ließ sich von ihm füttern – und redete sich ein, dass sie die Art, wie er sie fütterte, weder als aufreizend noch als sehr intim empfand.

Der Geschmack auf ihrer Zunge war einfach himmlisch. Beinahe hätte sie vor Wonne aufgestöhnt. »Das ist fantastisch.«

»Sehen Sie? Es ist gut, wenn man neue Dinge ausprobiert.« Er beugte sich noch ein wenig weiter vor, und kleine Lachfältchen bildeten sich um seine Augen. »Sie können Genüsse entdecken, von deren Existenz Sie bisher nicht einmal wussten.« Ihr Herz pochte wild, und für einen Moment konnte sie ihren Blick nicht von ihm lösen.

»Ist alles zu Ihrer Zufriedenheit?«, holte die Stimme der Bedienung sie abrupt in die Wirklichkeit zurück. Das gab Jen ein bisschen Zeit, um sich zu sammeln.

Während Cam antwortete, wandte sie ihren Blick dem Hafen zu. Als der Kellner gegangen war, erzählte Cam zwanglos weiter. »Hier hat man früher die Sträflinge abgesetzt.«

»Ist Ihre Familie so nach Australien gekommen?«, fragte sie überaus freundlich.

Er grinste sie an. »Nein. Die Rechtsüberschreitungen meiner Familie begannen erst in jüngster Zeit.«
Das war etwas Persönliches, über das sie *unbedingt* sprechen wollte. »Wenn Ihr Temperament in irgendeiner Weise Thema ist, dann sollte ich das jetzt wissen.«
»Was? Wollen Sie wissen, ob ich ein trunksüchtiger Rüpel bin?«
»So hätte ich es nicht ausgedrückt, aber immerhin haben Sie diesen Fotografen geschlagen. Wenn Sie in die Staaten kommen, muss ich sicher sein können …«
»Dass ich mich nicht sinnlos betrinke, mein Hotelzimmer auseinandernehme oder in der Öffentlichkeit meine Hose runterlasse?«
Sie nickte. »So ungefähr.«
»Tja, das werde ich nicht.«
Versonnen drehte sie ihr Glas Mineralwasser in den Händen. »Da wir schon beim Thema sind – es gibt einige Lücken in Ihrem Lebenslauf. Ich frage mich …«
»Mann, ich dachte, das hier wäre eine Verabredung und kein verdammtes Vorstellungsgespräch.«
»Es ist ein Arbeitsessen«, erwiderte sie und bemühte sich, so ruhig wie möglich zu klingen. »Wie ich,

glaube ich, schon erwähnt habe, bin ich verlobt und werde heiraten.«

»Wann ist denn die Hochzeit?«, fragte er so unvermittelt, dass sie unsicher blinzelte.

»Wir haben noch keinen Termin, aber …«

Er schnaubte spöttisch. »Wenn Sie meine Frau wären, würde ich Sie nicht so einfach um die halbe Welt reisen lassen – jedenfalls nicht ohne einen festen Heiratstermin.«

»Ich kann nicht glauben, dass Sie der Typ Mann sind, der verheirateten Frauen nachstellt.«

»Tue ich ja nicht. Sie sind unverheiratet, Schätzchen. Freiwild.«

»So geschmeichelt ich auch bin«, entgegnete sie voller Sarkasmus, und Wut flackerte in ihren Augen auf, »ich bin *kein* Freiwild. Ich bin hier, um meinen Job zu erledigen.« Sie zog einen Notizblock und einen Füllfederhalter aus reinem Gold aus ihrer Handtasche. Zwar hatte sie nicht vorgehabt, so offensichtlich aufs Geschäftliche zu sprechen zu kommen, aber scheinbar musste er ständig an ihr Arbeitsverhältnis erinnert werden – und im Übrigen hatte sie den Füller von Mark geschenkt bekommen. Sie drehte ihn in ihrer Hand so, dass der australische Großwildjäger die Gravur auch ganz sicher erkennen konnte.

»Netter Stift«, sagte er wie aufs Stichwort.
»Danke. Das war ein Geschenk.«
»Von einem dankbaren Kunden?«
»Nein. Von meinem Verlobten, Mark. Zu meinem Geburtstag.«
Doch statt angesichts dieses umsichtigen Liebesbeweises ihres Verlobten zurückzuschrecken, wie sie es erwartet hatte, warf er seinen Kopf in den Nacken und lachte, so dass seine weißen Zähne aufblitzten.
Sie legte den Stift beiseite, nahm ihre Gabel und spießte missmutig ein Salatblatt auf. »Was ist so lustig?«, konnte sie sich nicht verkneifen zu fragen.
»Schätzchen, ein Mann, der einer Frau einen Stift schenkt, ist nicht auf der Suche nach einer Freundin oder Ehefrau, sondern will mit jemandem fusionieren.«
Offensichtlich wollte er sie provozieren. Und sie wusste es. Also warum verspürte sie das Bedürfnis, ihren Füllfederhalter zu nehmen und ihn diesem Kerl dorthin zu rammen, wo es richtig weh tat? Sie atmete durch. »Mark ist eben pragmatisch. Das ist ein Wesenszug, den wir gemeinsam haben.«
»Ein Mann macht der Frau, mit der er schläft, keine praktischen Geschenke. Er schenkt ihr Schmuck,

Champagner oder einen kleinen schwarzen Hauch von Nichts, den sie nur anzieht, damit er ihn ihr gleich wieder vom Leib reißen kann.« Der Blick, der sie nun traf, war so sinnlich, dass sie sich zügeln musste, um sich nicht mit der Zungenspitze über die Lippen zu fahren.

Ihr Herz hatte sie nicht so gut unter Kontrolle. Es pochte so heftig, als wäre sie ein gejagtes Tier, das in einen Gewehrlauf starrte.

»Wie ich bereits sagte …« Was, zur Hölle, hatte sie eigentlich gesagt? *Ach ja.* »Es gibt einige Lücken in Ihrem Lebenslauf.«

»Was für Lücken?«, fragte er und sah sie noch immer begehrlich an. Vermutlich reichte allein sein Sex-Appeal aus, um die verdammten Surfbretter zu verkaufen. »Ihre Augen haben eine ganz außergewöhnliche Farbe. Wie das Wasser in Queensland, wenn man in die Nähe des Riffs kommt. Sie sind nicht grün oder blau, sondern irgendwie beides.« Er berührte ihre Finger. »Ihre Augen sind mir als Erstes an Ihnen aufgefallen.«

Sie spürte die Sonne, die warm auf ihr Gesicht schien, hörte die Menschen, die an den anderen Tischen saßen, nahm gedämpften Verkehrslärm und die Geräusche vom Hafen her wahr. Sie empfand ein Prickeln, als er mit ihren Fingern spielte.

Doch mit einem Schlag hatte die Wirklichkeit sie wieder.
»Es gibt Orte auf der Welt, wo Ihr Verhalten als sexuelle Belästigung ausgelegt werden könnte«, erklärte sie und zog ihre Hand zurück.
»Wir sind in Australien, meine Liebe.«
»Und wie würden Sie das hier nennen – auf Australisch?«
Ein Lachen stahl sich in seine Augen, doch zugleich hatte Jen das Gefühl, dass er sie mit seinen Blicken auszog. »Ihren Glückstag.«
»Ich nehme an, Sie unterdrücken Frauen auch«, murmelte sie mehr zu sich selbst.
Aus seinen Augen sprach der pure Sex. »Oh, das hängt von der Frau ab.«
Was sollte sie zu dieser Überheblichkeit noch sagen?
Sie rollte mit den Augen und schnalzte missbilligend mit der Zunge. »Lücken«, sagte sie, »in Ihrem Lebenslauf – wie zum Beispiel Ihre Schulbildung. Ich kann in Ihren biographischen Daten keinen Hinweis auf Ihren schulischen Werdegang finden.«
»Denken Sie, dass es irgendeinen Surfer interessiert, ob ich einen *HSA* habe oder nicht?«
»HSA?«

»Highschool-Abschluss«, entgegnete er. Als er ihre hochgezogenen Augenbrauen sah, fuhr er fort: »Oder ob ich die Schule überhaupt abgeschlossen habe.«
Sie blinzelte ein paarmal. Es gelang ihr nicht, ihren Schock zu verbergen. »Sie haben die Highschool nicht beendet?«
»Nein.«
»Warum nicht?«
Er zuckte die Schultern und starrte in sein Bier, als würde er nachdenken. »Ich war gelangweilt. Ich musste ... ich weiß nicht ... ich musste die Welt sehen. Musste mir meinen eigenen Namen machen, meinen eigenen Weg gehen.«
Das tut er noch immer, schoss es ihr durch den Kopf. Nur hatte er inzwischen seinen Wirkungskreis erweitert. Sie fragte sich, wann er für sich entscheiden würde, genug erreicht zu haben – und ob er das jemals tun würde. Aufmerksam verfolgte sie, wie er nun seine Geschichte, seinen Weg zum Erfolg schilderte: von seinem Entschluss, nach Sydney zu gehen, um in einem Surfshop am weltberühmten Bondi Beach zu arbeiten, über seine Zeit als Surfer und Surflehrer, bis hin zu der Entscheidung, dass er bessere Boards bauen konnte – eine Entscheidung, die dank des mehr als gesun-

den Selbstbewusstseins zustande gekommen war, das ihn zu einem großen Teil ausmachte.

»Genau. Ich hatte genügend Surfwettbewerbe gewonnen, um etwas Geld beiseitezulegen. Außerdem hatte ich einen Teil meines Hungerlohns aus dem Surfshop gespart. Und schließlich traf ich einen Kumpel, der mir half, mein Board zu bauen – er ist jetzt Chefkonstrukteur bei *Crane*. Sie haben ihn bereits kennengelernt.«

Sie nickte und staunte, dass er so schnell so weit gekommen war.

»Wir haben unser fertiges Board dann auf meine alte Klapperkiste geschnallt und sind damit zu allen möglichen Shops und Ausstellungen gefahren. Ich bin auf dem neuen Brett gesurft und habe noch mehr Wettbewerbe gewonnen. Und die Menschen fingen an, Notiz davon zu nehmen.« Er zuckte die Schultern, als wollte er sagen: *Der Rest ist Geschichte.*

Wieder nickte sie, denn sie kannte den Rest der Geschichte vermutlich genauso gut wie er selbst. Nach diesem frühen Erfolg hatte er sein Geschäft immer weiter verzweigt. Er hatte viel Grundbesitz erworben, einen beträchtlichen Anteil an zwei Fernsehsendern und einer Zeitung gekauft und war sogar Besitzer einer kleinen kommerziellen

Fluglinie geworden. Mittlerweile hatte er seine Investitionen so weit gestreut, dass sie bezweifelte, dass irgendjemand seine genauen Vermögenswerte kannte – wahrscheinlich nicht einmal er selbst. Doch bei *Crane Surf and Boogie Boards* hatte er sein Büro, und diese Firma war es auch, die ihm besonders am Herzen lag.

»Hier in Australien sind Sie der Sprecher für *Crane*. Wollen Sie diese Aufgabe in den Staaten ebenfalls übernehmen?«

Er schüttelte den Kopf. »Eigentlich dachte ich, dass Sie einen berühmten Hollywood-Star oder eines dieser kalifornischen Surfergirls im Bikini finden würden, um die Sachen an den Mann zu bringen.«

Sie verdrehte die Augen. »Ich merke, dass Sie wirklich intensiv darüber nachgedacht haben.«

»Ich habe Sie engagiert, um das für mich zu übernehmen.«

»Dann wollen Sie, was den kalifornischen Markt angeht, also auf mein Urteil vertrauen und meinen Rat annehmen?«

Er nahm einen Schluck von seinem Bier, das golden in der Sonne funkelte. »Ich verspreche, Ihnen zuzuhören. Aber *ich* treffe die Entscheidungen.«

Kontrollfreak. Ein unerschütterlicher, kompromissloser,

eiserner Kontrollfreak. Es war keine große Überraschung, ihren Verdacht bestätigt zu sehen – bis hin zu der Tatsache, dass er sie in sein Bett locken wollte, um sie zu beherrschen.

»Sie waren klug genug, um mich zu engagieren. Also seien Sie auch klug genug, um meinen Rat anzunehmen.«

»Lassen Sie mich erst hören, wozu Sie mir raten.« Ungeduldig klopfte sie mit dem geschenkten Füllfederhalter gegen ihren Notizblock, runzelte dann die Stirn und legte ihn beiseite. Hatte Mark ihr eigentlich jemals die Art von sexy Dessous geschenkt, die man nur anzog, um sie sich gleich wieder ausziehen zu lassen? Natürlich nicht. Sie kaufte sich ihre Unterwäsche selbst. Einige der Dessous waren durchaus ziemlich sexy. Sie brauchte keinen Mann, der für sie auswählte, was sie darunter trug.

»Ich denke, wir sollten nicht verhehlen, dass wir eine australische Marke sind, sondern diese Tatsache zu unserem Vorteil nutzen.«

Abwehrend hob er die Hand. »Keine Koalas oder Kängurus – oder ich muss kotzen.«

»Nein«, pflichtete sie ihm mit einem Grinsen bei. »Keine süßen Tierchen. Aber ein süßer Kerl sollte schon sein.«

»Kerl?« Ein wenig zu heftig stellte er sein Glas auf den Tisch. »Und was ist mit meinem Bikini?«

»Kein Bikini«, versetzte sie mit einem kleinen, süffisanten Lächeln. »Ich denke da an einen hübschen jungen Sonnengott. Er muss Australier sein. Ein Model, das sich gut artikulieren kann, oder ein Schauspieler, der aussieht wie ein Model. Wir stecken ihn in eure Klamotten und stellen ihn auf eure Boards. Ich denke daran, den Boards die Namen von australischen Surfspots zu geben: Bondi, Byron, Surfer's Paradise. Wir könnten eine kleine australische Flagge auf jedes Surfbrett drucken lassen.«

»Warum?«

»Weil ihr auf dem hartumkämpften Markt hervorstechen müsst.«

»Nein. Warum der Kerl?«

»Er muss der Typ Mann sein, nach dem Frauen lechzen, und der so ist, wie andere Männer gern wären. Vertrauen Sie mir.«

Eine Weile blickte er sie an, und sie fragte sich insgeheim, was ihn für sie so anziehend machte. Besonders, da er nicht auf ihre Worte reagierte – so als würde er nicht einmal in Betracht ziehen, ihr zu vertrauen. »Wenn Sie damit fertig sind, dieses Salatblatt auf Ihrem Teller hin und her zu schieben, können wir ja gehen.«

Als sie auf dem Weg zurück ins Büro waren, sagte er: »Sie sollten sich während Ihres Aufenthaltes in Australien ein paar Tage freinehmen, damit ich Ihnen das Land zeigen kann.«

Gibt dieser Mann jemals auf? »Danke, aber dazu habe ich wirklich nicht die Zeit.«

»Sie müssen Australien kennen, um die Surfboards verkaufen zu können.«

»Nein. Das muss ich nicht. Ich muss Kalifornien kennen. Denn dort werde ich die Boards vertreiben.«

»Sind Sie immer so ein Sturkopf?«

Sie dachte einen Moment lang darüber nach. »Bei Männern wie Ihnen? Mag sein.«

Auf dem Gehweg kam ein Mann direkt auf sie zu. Automatisch wich sie nach rechts aus, um ihn vorbeizulassen. Er ging im selben Augenblick nach links – und die beiden rasselten ineinander.

»Tut mir leid«, murmelte sie.

»Kein Problem.«

»Auf dem Fußweg gilt dasselbe wie auf unseren Straßen: Linksverkehr«, erklärte Cameron hilfreich.

»Danke, schon verstanden. Jetzt muss ich mich wieder an die Arbeit machen.« Sie war nur drei Wochen hier und hatte eine Menge zu tun.

»Surfen Sie?«
»Nein.«
»Nie?«
»Nein.«
Abrupt hielt er inne und starrte sie an. »Sie leben in Kalifornien und haben noch nie auf einem Surfbrett gestanden?«
»Das stimmt.«
»Warum nicht?«
»Ich war beschäftigt.«
»Zu beschäftigt, um zu surfen?«
»Ich habe es einmal mit Windsurfing versucht.« Kopfschüttelnd erinnerte sie sich zurück. »Das Abenteuer endete für mich mit einem verstauchten Handgelenk und einer Zerrung im Rücken. Ich bin nicht gerade der sportliche Typ.«
»Sie hatten nur einfach nicht den richtigen Lehrer.«
»Erlauben Sie mir eine gewagte Annahme: Der richtige Lehrer wären Sie?«
»Ich bin der beste«, sagte er, ohne eine Miene zu verziehen. »Ich werde Sie unterrichten.«
Um etwas Zeit zum Nachdenken zu gewinnen, ließ sie eine Frau zwischen ihnen hindurchhasten. Sie musste zugeben, dass dieser Mann irgendwie recht hatte: Ganz sicher würde sie die Produkte besser

vermarkten können, wenn sie schon einmal auf einem Board gestanden hätte. Verstauchtes Handgelenk, gezerrter Rücken, dachte sie gelassen – solche Dinge gehörten nun einmal zu dem Geschäft, von dem sie im Augenblick ein Teil war.

Nur die Vorstellung, in einem nassen Badeanzug vor Cameron Crane zu stehen, ließ bei ihr sämtliche Alarmglocken schrillen. »Ich werde darüber nachdenken«, gab sie zurück und war sich sicher, in den kommenden drei Wochen genügend Ausreden finden zu können.

»Großartig. Oh, und könnten Sie sich Freitagabend freihalten? Da gibt es ein paar Leute, die Sie kennenlernen sollten.«

»Was für Leute?«

»Experten auf dem Gebiet. Sie könnten sich anhören, was sie über *Crane*-Boards zu sagen haben.«

»Eine Arbeitsgruppe, meinen Sie?« *Wow.* Sie war erfreut, dass er sich dem Thema »Marketing« strategisch zu nähern schien.

»Ja. Genau. Eine Arbeitsgruppe.«

5. Kapitel

Sie haben mich reingelegt!«, schrie Jen über die gegröhlten Trinklieder, die Anmachsprüche und das Gejohle einiger Betrunkener am Billardtisch in der Ecke hinweg. Einer von den Spielern würde bestimmt noch ein Queue ins Auge bekommen, da war sie sich sicher.

»Sie wollten eine Arbeitsgruppe, Schätzchen. Das ist sie. Wir können besser arbeiten, wenn wir ein paar Biere intus haben.«

In einem Pub an Cams altem Lieblingsplatz, dem Bondi Beach, mit einer Horde seiner »Kumpels« zu trinken, war nicht gerade das, was sie sich vorgestellt hatte. Die meisten Gruppentreffen beinhalteten keine Massen von Alkohol und fanden auch nicht in lauten Bars statt. Doch das war nicht die Zeit, um pingelig zu sein. Diese Leute waren jung, offensichtlich surfverrückt und – bisher – noch relativ nüchtern.

»Also«, rief sie, um die Musik zu übertönen. »Erzählt mir etwas über *Crane*-Surfboards.«

»Umwerfend«, sagte jemand. Obwohl er damit auch durchaus das süße Girl gemeint haben könnte, mit dem er schon die ganze Zeit versuchte, Augenkontakt herzustellen. Er hatte seinen Freunden kurz zuvor erzählt, dass er sich sicher war, sie am Nachmittag oben ohne am Strand gesehen zu haben, und er war offenbar sehr bemüht, diese flüchtige Bekanntschaft zu vertiefen.

»Es sind die besten Boards der Welt«, warf ein anderer ein.

»Warum?«

»Weiß nicht«, entgegnete ein großer rothaariger Typ mit Ohrring. »Also, ich surfte in Margaret River in W.A. und …«

»W.A.?«

»Westaustralien.«

»Klar.«

»Und ich surfte gerade eine Welle, als ein anderer Surfer direkt über mein Board fuhr. Mein Board brach nicht. Es hatte nicht mal einen Kratzer. Das Brett von dem anderen Typen dagegen zerbrach in zwei Hälften. Tja«, sagte er. »Da sieht man es mal wieder.«

»Oh, weißt du noch? Damals in Noosa?«, ergriff

ein anderer eifrig das Wort. Und damit verloren sich die beiden in ihren Erinnerungen.
Sie waren vielleicht keine rhetorisch begabten Poeten, aber diese Surfer waren *Crane* ganz sicher sehr verbunden. So ziemlich jeder Gast in dieser Bar schien ein Surfer zu sein. Sie hielt aufmerksam Ausschau nach einem Typen, der den perfekten Sprecher für den US-Markt verkörperte, doch keiner der Kerle hier war der Richtige.
Cameron Crane verschwand und ließ sie allein, während sie ihre Fragen stellte. Sie nahm an, dass er keinen der Surfer durch seine Anwesenheit dazu zwingen wollte, nette Sachen über die *Crane*-Produkte zu sagen. Aber schon kurz darauf kehrte Cam mit zwei Gläsern Bier zurück und stellte eines davon vor sie auf den Tisch.
»Für gewöhnlich trinke ich nicht während der Arbeit.«
»Das ist doch nur Tarnung, damit Sie zu den Einheimischen passen.«
»Und ich trinke kein ...«
»Aber Sie können hier kein Mineralwasser trinken.«
»Ich hätte einen trockenen Weißwein bestellt.«
Mit einem verächtlichen Schnauben quittierte er ihre Worte, was sie vermuten ließ, dass Weißwein

noch schlimmer war als Wasser. Wer auch immer behauptete, dass Amerikaner und Australier dieselbe Sprache sprachen, kannte Cameron Crane nicht.

Er stellte sich neben sie – nahe genug, dass sie die Wärme spürte, die von ihm ausging, und nahe genug, dass sie seine Haut spürte, wenn er sich vorbeugte, um ihr Slang-Ausdrücke zu erklären, die sie nicht verstand. Da er nichts Dummes tat, wie ihr zum Beispiel »versehentlich« eine Hand aufs Knie zu legen, sah sie über den unabsichtlichen Armkontakt hinweg. Und sie redete sich ein, dass die Schauer, die ihr bei jeder seiner Berührungen über den Rücken rieselten, nur bedeuteten, dass ihr kalt war.

All die Surfer zu befragen, machte durstig. Vielleicht war sie auch noch vom Flug dehydriert. Oder weil es in Australien so heiß war. Hinzu kam, dass sie das Gejohle der Gäste, das Fußballspiel, das im Fernsehen übertragen wurde, und die beliebten Spielautomaten übertönen musste, um sich verständlich zu machen. Und so trank sie mehr, als sie eigentlich beabsichtigt hatte, und stellte fest, dass ihr das Bier besser schmeckte als gedacht.

Als sie das Pub schließlich verließen, war es nach eins. Sie fühlte sich großartig, hatte eine Menge Informationen gesammelt und den Kopf voller Eindrücke. Und sie hatte ein paar Ideen für die Werbekampagne, die sich um ein Uhr morgens nach ein paar Gläsern Bier verdammt gut anhörten.

»Sie haben sich da drinnen wacker geschlagen«, sagte Cameron und legte ihr den Arm um die Schultern. »Sie haben die richtigen Fragen gestellt, und die Leute haben sich mit Ihnen unterhalten.«

»Ich bin schließlich auch gut in dem, was ich tue«, entgegnete sie.

»Vielleicht irre ich mich, aber für mich sah es so aus – nur für einen Moment –, als hätten Sie Spaß.«

»Es hat Spaß gemacht. Und was wollen Sie eigentlich damit sagen? Dass ich nicht weiß, wie man sich amüsiert?«

»Ich denke, dass Sie jede Menge Spaß haben könnten. Sie müssten sich ab und an nur mal gehenlassen, das ist alles.«

In der Dunkelheit konnte sie den Ozean hören, die Wellen, die ans Ufer schlugen, und die leichte Brise, die immer wehte, strich leicht über ihr Gesicht. Es war kühl nach der Hitze, die im Pub geherrscht hatte, und sie zitterte. Cam strich ihr über die Arme und zog sie an sich heran.

Es ist kalt, sagte sie sich – nur deshalb schmiegte sie sich an ihn.

»Sie sind wie ein langer, kühler Schluck Wasser, nicht wahr?«

Schon einmal hatte er sie so bezeichnet, und sie war nicht darauf eingegangen. Doch nach ein paar Gläsern Bier und mit seiner Bemerkung im Hinterkopf, dass sie nicht wüsste, wie man sich vergnügte, wollte sie es genauer wissen. »Was soll das bedeuten? Dass ich kalt bin? Nass? Farblos?«

Cameron lachte leise. »Denken Sie das?«

»Nein. Es scheint das zu sein, was Sie denken.«

»Wie ein langer, kühler Schluck Wasser ... Tja, das ist es doch, was man sich nach einem heißen Tag wünscht, nachdem man hart gearbeitet hat und erschöpft ist.«

»Ich dachte, in dem Fall sehnt man sich nach einem Bier ...«

»Allerdings! Aber man kann eine Frau nicht als ›Bier‹ bezeichnen. Sie könnte einen falschen Eindruck gewinnen.«

»Ich bin nicht überzeugt, dass ich den hundertprozentig richtigen Eindruck gewonnen habe, als Sie mich ein ›Glas Wasser‹ nannten.«

»*Das* hier meine ich.« Bevor sie wusste, wie ihr geschah, hatte er sie an sich gezogen und küsste sie.

Wenn der Ausdruck in seinen Augen sie schon berührt hatte, raubte das Gefühl seiner Lippen auf ihrem Mund ihr schlicht den Atem: warm, kraftvoll, mit einem leichten Geschmack nach Bier und umwerfend sexy.

O nein. Nein und nein und nein und nein! Ihr Kopf schrie nein, doch ihr Körper schien die Verbindung zu ihrem Verstand in dem Moment gekappt zu haben, als ihre Lippen sich berührt hatten.

Sie hatte diesen Quatsch von Feuerwerk und Raketen nie geglaubt. Für sie war Küssen bisher immer nur Küssen gewesen. Angenehm, ein bisschen erregend, ein netter Auftakt für etwas Spaß. Aber das hier war etwas anderes. In dem Moment, als er sie küsste, löste sich auf einen Schlag etwas in ihr. Wie beim Öffnen einer Champagnerflasche – und plötzlich schien alles in ihr überzuquellen und hervorzusprudeln.

Cameron küsste so, wie er auch alles andere tat. Direkt, herausfordernd, kompromisslos. Er war weder hintergründig noch zurückhaltend. Mit seiner Zunge erkundete er ihren Mund, ohne auf ihre Einwilligung zu warten oder sich dafür zu entschuldigen, und fegte all ihre höflichen Zurückweisungen einfach weg. Seine Kraft war rauh und ursprünglich, und irgendetwas in ihr reagierte darauf. Ein Teil von ihr, dessen Existenz sie nie zuvor wahrgenommen hatte, rief einen wilden Drang in ihr wach, seinen Kuss zu erwidern.

Seine hungrigen Lippen schmeckten nach Bier, sein Körper fühlte sich fest und stark an. Cam war ein Stück größer als sie, muskulös und durchtrainiert. Sie bemerkte das kratzige Gefühl seines unrasierten Gesichtes auf ihrer Haut, als er den Kopf neigte, um den Kuss zu vertiefen.

Bevor sie sich's versah, fuhr sie ihm mit den Fingern durchs Haar. Sie genoss das Gefühl, ihn zu spüren, zog ihn näher zu sich heran, um ihn noch leidenschaftlicher küssen zu können.

Er strich ihr mit der Zungenspitze über die Lippen, reizte sie und spielte mit ihrer Zunge. Mit den Händen streichelte er besitzergreifend über ihren Rücken, packte sie schließlich an den Hüften und presste sie an sich, so dass sie seine wachsende Erregung spüren konnte.

Oh, wie sehr sie das hier wollte. Und sie wollte noch mehr. Doch als plötzlich die Scheinwerfer eines Autos sie erfassten und über sie hinwegglitten, setzte ihre Vernunft wieder ein.

»Nein«, rief sie und löste sich von ihm. »Hör auf. Ich kann das nicht.«

»Doch«, erwiderte er, und sie sah, wie seine Augen

in der Nacht wild und unwiderstehlich funkelten.
»Du kannst.«
Aber sie hatte sich bereits aus seiner Umarmung gewunden und ging zu seinem Auto.
Auf dem Weg zu Cams Haus sprachen sie kein Wort. Offenbar hatte er nicht vor, sich für sein fürchterliches Benehmen zu entschuldigen, und sie wollte einfach nur vergessen, was sie getan hatte.
Was hatte sie sich nur gedacht? Sie war praktisch schon verheiratet – ein geschmackvoller Diamantring bewies das –, und dennoch hatte sie die stürmischen Küsse eines anderen Mannes genossen. Während der gesamten Fahrt drehte sie den Ring am Finger, als würde diese Geste ihr Schutz bieten und Glück bringen.
Wieder einmal bereute sie es, nicht in ein Hotel gezogen zu sein. Sie hatte ja umziehen wollen. Doch irgendwie war sie mit der Arbeit so beschäftigt gewesen und in den drei Nächten, die sie schon bei Cam wohnte, nur völlig erschöpft ins Bett gefallen, so dass es einfacher gewesen war zu bleiben.
Cam hatte sich wie ein perfekter Gentleman verhalten. Zwei der drei Nächte hatte er aus geschäftlichen Gründen nicht zu Hause verbracht. Am dritten Abend hatten Jen und er gemeinsam zu

Abend gegessen. Marg war extra länger geblieben, um ihnen das Essen zu servieren und anschließend aufzuräumen. Cameron und Jen hatten sich derweil – per Konferenzschaltung mit einigen seiner Partner verbunden – übers Geschäft unterhalten, und so hatte Jen nicht eine Sekunde lang das Gefühl gehabt, mit einem zu allem entschlossenen Verführer allein zu sein.

Nicht bis zum heutigen Abend.

Als sie zu Hause ankamen, murmelte sie eine nicht sehr überzeugende Erklärung, warum sie sofort ins Bett musste, und ließ ihn stehen. Mit einer Mischung aus Belustigung und Enttäuschung blickte er ihr hinterher.

»Hey«, rief er ihr nach und zwang sie dazu, sich mitten auf der Treppe umzudrehen und ihn anzusehen. Sie erwartete eine Entschuldigung, doch stattdessen sagte er: »Ich habe für morgen eine Überraschung geplant.«

»Was für eine Überraschung?« Sie wäre jede Wette eingegangen, dass seine »Überraschung« ihre nackten Körper und vielleicht etwas Schlagsahne beinhaltete.

»Wir werden surfen gehen.«

»Oh, aber ich ...« Sie *was?* »Ich wollte morgen arbeiten.«

»Das habe ich mir gedacht. Schätzchen, du musst gesurft haben, um die Boards zu verkaufen.«

Er hatte recht. Und außerdem hatte sie auf diese Weise einen ganzen Tag lang Zeit, ihn davon zu überzeugen, dass allein das Bier schuld an dem Kuss gewesen war.

»Also gut.«

»Kannst du um sechs fertig sein?«

Sie nickte.

»Nacht.«

»Gute Nacht.«

»Hey«, rief er noch einmal.

Wieder wandte sie sich zu ihm um.

»Wenn du dich heute Nacht einsam fühlen solltest, weißt du ja, wo du mich findest.«

Erst als sie sicher in ihrem Zimmer war und die Tür hinter sich geschlossen hatte, stützte sie den Kopf in die Hände und stöhnte auf. Cameron Crane, der Mann, den sie so leidenschaftlich geküsst hatte, war nicht irgendein Mann, sondern ihr Klient. Und sie war verlobt.

Schlimmer noch – ihre Lippen schmeckten auch jetzt nach ihm, und sie konnte ihn, seine Berührungen auch jetzt spüren. Offensichtlich sprach ihr Körper, was Anstand und Moral betraf, eine andere Sprache als ihr Kopf.

Sie ging ins angrenzende Badezimmer, nahm eine heiße Dusche und putzte sich anschließend grimmig die Zähne.
Ihr Blick fiel auf das große, leere Bett. Sie wusste, dass irgendwo in diesem Haus ein liebeshungriger Kerl war, der ganz ohne Zweifel liebend gern *ihren* Liebeshunger gestillt hätte. Und mit einem Mal schien Mark so weit entfernt zu sein wie nie zuvor.
Sie nahm ihr Handy und machte sich nicht die Mühe zurückzurechnen, wie spät es zu Hause sein mochte – es war ihr egal. Sie musste mit Mark reden. Der Klang seiner Stimme würde sie sicher wieder zur Vernunft bringen und die wilde Gier in ihrem Innern dämpfen, die sie dazu treiben wollte zu beenden, was ihr Klient begonnen hatte.
Mark meldete sich sofort. Der anständige Mark, auf den man sich immer verlassen konnte. Er war nicht irgendwo und küsste andere Frauen. Er war in der Nähe seines Telefons, damit sie ihn erreichen konnte.
»Hi. Gut, dass ich heute so früh aufgewacht bin. Ist alles in Ordnung?« Er klang überrascht, von ihr zu hören. Ihr fiel ein, dass sie erst einige Stunden zuvor bei ihm angerufen hatte, kurz bevor er zu Bett gegangen war.

»Ich wollte nur deine Stimme hören.«
»Heimweh?«
Nein, so würde sie es nicht nennen. *Tief betrübt* traf es wahrscheinlich eher. *Von Schuldgefühlen übermannt* ganz sicher. »Nicht wirklich«, entgegnete sie. »Hier ist es wundervoll, und die Arbeit ist eine echte Herausforderung.« Sie seufzte. »Ich wünschte nur, du wärst hier.«
»Du wirst keinen Steuerberater brauchen, bis der Deal unterzeichnet ist«, erklärte er. »Wobei mir einfällt: Könntest du den Controller fragen …«
»Ich will nicht über den Job reden«, unterbrach sie ihn, halb sehnsüchtig nach … sie wusste nicht genau, wonach eigentlich. »Liebst du mich?«, fragte sie und wusste, wie kläglich es klang.
»Was ist das für eine Frage? Wir werden schließlich heiraten, oder?«
»Aber liebst du mich wirklich?« Vielleicht war es das, was mit ihr nicht stimmte: Sie bekam kalte Füße und hatte Angst vor der Hochzeit. Alles, was sie im Augenblick brauchte, war Bestätigung, die Versicherung, dass er sie unsterblich liebte – dann wäre alles wieder gut.
»Gestern habe ich einmal durchgerechnet, was für ein Haus wir uns nach der Hochzeit leisten können. Ich werde dir meine Tabellenkalkulation mit

unserem gemeinsamen Einkommen, den Ausgaben für den Haushalt, den Steuern und so weiter zeigen, wenn du wieder nach Hause kommst.«

»Ich habe um unsterbliche Liebe gebeten, und du kommst mir mit einer Tabellenkalkulation?« Ihre Stimme klang seltsam schrill.

»Ich dachte, es würde dich freuen, dass ich an unserer gemeinsamen Zukunft arbeite.«

»Aber *liebst* du mich?«

»Habe ich das damit nicht gesagt?« Er klang so enttäuscht, wie sie sich fühlte. »Würde ich denn überhaupt in Erwägung ziehen, mit einer Frau zusammen eine Hypothek mit einer Laufzeit von dreißig Jahren aufzunehmen, wenn ich die Frau nicht lieben würde?«

Es war hoffnungslos. Wenn sie dieses Gespräch nicht schnell beendete, würde er noch eine langfristige Prognose für Hypothekenzinssätze aufstellen und über die Entwicklungstrends im Bereich Immobilien und Grundbesitz in der San Francisco Bay Area referieren – und sie könnte für nichts mehr garantieren.

»Wir werden reden, wenn ich nach Hause komme. Ich wollte mich nur kurz melden und gute Nacht sagen.«

»Schlaf gut. Jetlag kann echt mörderisch sein.«

»Jetlag. Sicher. Gute Nacht.«
»Nacht.«
Doch der Jetlag hatte nichts mit der Unruhe zu tun, die sie erfasst hatte. Sie fühlte sich, als wäre sie in schlimme Turbulenzen geraten, aus denen sie nicht wieder herauskam. Ihr Magen rebellierte, ihre Haut fühlte sich heiß an, der Boden unter ihren Füßen schien ins Wanken geraten zu sein.
Und all diese Empfindungen verstärkten sich, wenn Cameron Crane in der Nähe war. Was er, verdammt noch mal, viel zu gern war.
Sie war nicht dumm. Sie wusste, wieso er sie ins Bett bekommen wollte. Dadurch wollte er auf die einfachste Art und Weise sicherstellen, dass er die Oberhand hatte. Schon viele Männer hatten das versucht – und es hatte nie funktioniert.
Also warum empfand sie gerade jetzt so, obwohl sie die Hochzeit mit einem anderen Mann plante? Warum verspürte sie das Bedürfnis, den großen Tisch im Konferenzzimmer für verbotene Dinge zu benutzen – ebenso sehr wie Cam offensichtlich das Bedürfnis verspürte, sie genau dorthin zu locken?
Es war die Panik vor der Hochzeit.
So musste es sein.
Sie zog eines der Nachthemden aus Baumwolle

an, die sie immer trug, weil sie bequem und unkompliziert zu waschen waren. Mark hatte sich nie beschwert.

Doch vor ihrem inneren Auge tauchte ein anderes Bild auf: Sie selbst, bekleidet mit schwarzen, absurd knappen Dessous – und vor ihr Cameron Crane, der sie mit einem Ausdruck anstarrte, der keinen Zweifel daran ließ, dass er vorhatte, ihr dieses sündhaft teure Teil aus schwarzer Seide und zarter Spitze vom Körper zu reißen. Vermutlich sogar mit den Zähnen.

Sie erschauerte, als sie ins Bett kletterte. Ein großes, unberührtes Bett, dessen Laken ebenso kühl und zweckmäßig waren wie ihr Nachthemd. Eine Tabellenkalkulation über die Bezahlbarkeit einer Hypothek war eine gute Sache, eine vernünftige Sache. Es war Marks Art, ihr zu sagen, dass er sie liebte.

Doch ein paar blumige Worte darüber, wie sehr er sie vermisste, hätten sie beruhigt. Er hätte seinen Tag auch damit beginnen können, ihr zu erzählen, was er im Bett alles mit ihr anstellen würde, wenn sie wieder nach Hause kam.

Als sie sich vorstellte, wie der spröde, nüchterne Mark Forsythe ihr am Telefon obszöne Dinge ins Ohr flüsterte, lächelte sie schief. Er war ein net-

ter Mann, und sie passten zueinander. Sie musste akzeptieren, dass er sie nicht immer überraschen und umwerfen würde.
Tatsächlich besaß Cameron Crane all die Qualitäten, die Mark vermissen ließ. Und das war der Grund, warum er sie reizte. Er hatte Sex-Appeal und eine lässige Haltung. Wenn er eine Frau liebte, würde er ein Ferngespräch sicherlich nicht damit vergeuden, über Hypothekenzinsen zu sprechen. Er würde Telefonsex machen. Aber wahrscheinlich war er nicht auf Telefonsex angewiesen, weil er – animalisch und primitiv, wie er sich meistens verhielt – seine Frau erst gar nicht aus den Augen lassen würde.
Mark dagegen war ein moderner Mann. Er respektierte sie. Sie musste sich nur ins Gedächtnis zurückrufen, dass Respekt viel dauerhafter war als leidenschaftlicher, heißer Sex.
Sie boxte ihr Kissen zurecht und legte sich hin. *Genau. Langfristig.*
Doch kurzfristig gesehen hatte sie ein Problem.
Denn sie wollte leidenschaftlichen, heißen Sex.
Und sie wollte ihn mit ihrem Klienten.

6. Kapitel

Kannst du um sechs Uhr fürs Surfen bereit sein?«, hatte Cam sie gefragt, bevor sie die Treppe hinaufgestürmt war, um vor der Erinnerung an seinen Kuss zu fliehen.

»Kein Problem«, hatte sie versichert. Das hatte sie nicht einfach aus Höflichkeit gesagt. Unglücklicherweise war es in der Tat kein Problem. Ihre innere Uhr war noch immer so aus dem Gleichgewicht, dass sie gegen sechs Uhr morgens schon wach war. Hellwach und ausgeschlafen. Leider konnte man das gegen sechs Uhr abends nicht mehr von ihr behaupten. Trotzdem wusste sie, dass sie sich irgendwann angepasst haben würde. Vermutlich am Tag ihres Rückfluges.

Und tatsächlich war sie um sechs Uhr fertig und bereit zu gehen. Sie hatte Zeit gehabt zu duschen, einige Ideen aufzuschreiben, die ihr beim »Gruppentreffen« am Abend zuvor gekommen waren, und sie hatte sogar ein leichtes Make-up aufgelegt. Ohne Zweifel würde es ziemlich bald schon von Sand und Salzwasser verschmiert sein, doch wenigstens wollte sie den Tag frisch und gutaussehend beginnen.

Sie trug ihre neuen *Crane*-Klamotten. Eigentlich hatte sie damit nur ihrem Klienten schmeicheln wollen. Aber als sie hineingeschlüpft war, hatte sie festgestellt, dass sie ihr nicht nur sehr gut passten, sondern sich auch sehr gut anfühlten. Und: Eine Frau, die so lockere und bunt gemusterte Kleidung anhatte, konnte sich selbst nicht allzu ernst nehmen. Oder den Mann, mit dem sie zusammen war. Sie würden surfen, wieder zu der geschäftlich-freundlichen Basis zurückkehren, auf der sie sich vor der vergangenen Nacht bewegt hatten, und sie würde – unter gar keinen Umständen – Bier trinken. Wenn sie so darüber nachdachte, war sie sich ziemlich sicher: Mark hatte sie gewarnt, dass das australische Bier einen höheren Alkoholgehalt hatte als sein amerikanisches Gegenstück.

An ihrem ersten Tag hier hatte sie Cam belogen. Natürlich hatte sie einen Badeanzug mitgebracht. Sogar mehrere. Den Badeanzug, den sie nun zusammen mit ihrer Sonnencreme, einem Stoffhut und einem Sarong eingepackt hatte, zog sie zu Hause

meist an, um ein paar Bahnen zu schwimmen. Er bedeckte so viel von ihr, wie ein Badeanzug eben bedecken konnte. Pech für Mr. Bikini. Wenn es nach ihr gegangen wäre, hätte sie zu ihrem Surfunterricht einen Neoprenanzug getragen.
Sie war längst fertig. Und während sie spürte, wie sie leicht errötete, als sie Cam sah, schien er wie immer zu sein. Sie glaubte beinahe, sich ihren leidenschaftlichen Kuss nur eingebildet zu haben.
So früh an einem Samstagmorgen waren die Straßen vollkommen verlassen. Jen betrachtete die viktorianische Architektur. Es waren meist Reihenhäuser, die die Straße säumten. Während einige der Häuser hübsch und gepflegt wirkten, eine strahlend gestrichene Tür und moderne Fenster hatten, waren andere in einem erbärmlich altmodischen und abgewohnten Zustand. Sie erinnerte sich daran, auf ihrem Weg vom Flughafen ähnliche Straßen gesehen zu haben.
Einen Augenblick mal – diese Straße sah *genauso* aus wie die Straße zum Flughafen.
»Wohin fahren wir?«
»Surfen.«
»Zu welchem Strand?«
»Wir fahren in einen netten kleinen Ort namens Byron Bay.«

»Byron Bay? Ist das nicht in Queensland?« Verwirrt blickte sie ihn an.
»Da hat wohl jemand seinen Reiseführer ganz genau gelesen. Sehr gut. Byron Bay liegt im nördlichen Teil von New South Wales. Aber Queensland ist von dort aus nur ungefähr zehn Autominuten entfernt«, erklärte er, als wäre er erfreut über ihre Kenntnisse der australischen Geographie. »Exzellenter Surfspot.«
»Aber … aber man kann genauso gut am Bondi Beach surfen.«
»Nicht so gut. Und dort ist es vollkommen überlaufen.«
»Aber wie …« Sie verbiss sich ihre Frage, denn sie ahnte, dass die Antwort sie nur irritieren würde. Also hielt sie lieber den Mund.
Vernünftigerweise schwieg auch er. Und da sie ihn nicht ansah, musste sie sich auch keine Gedanken darüber machen, ob er vielleicht grinste.
»Da wären wir.«
Sie waren auf einem Privatflugplatz angekommen. Natürlich. Und er hatte seine eigene Maschine. Natürlich.
Als er dann jedoch ins Cockpit stieg, erstarrte Jen. Sie war bereit, ziemlich weit zu gehen, um einen Klienten zufriedenzustellen – aber wegen eines

übertrieben selbstbewussten Womanizers draufzugehen, ging nun doch ein bisschen zu weit.

»Was ist los? Angst?« Er warf ihr ein herausforderndes Lächeln zu.

»Ich bin nicht ängstlich. Nur vorsichtig.«

»Erzähl's ihr, Ernie«, sagte er zu einem sehr förmlich aussehenden älteren Mann in Uniform, der bereitstand, um die Türen zu schließen. »Ich prahle nicht gern.«

Diese Worte bedachte sie mit einem geradezu formvollendeten Augenrollen – zu schade, dass Cam an den Instrumenten herumfummelte und es deshalb nicht sehen konnte.

»Mr. Crane ist ein sehr guter Pilot.«

»Sind Sie schon einmal mit ihm geflogen?«

Der Mann schmunzelte. »Ich habe es ihm beigebracht. Wirklich, er ist viel besser, als er aussieht.«

Vorsicht und Vernunft konnte man nur zu leicht mit Sturheit verwechseln. Im Übrigen lehnte sie ein Risiko nicht grundsätzlich ab, und sie *wusste*, wie man Spaß hatte. Von einem Flugzeug aus würde sie mehr Sehenswürdigkeiten entdecken, als sie gedacht hätte.

»Also gut. Aber wenn wir abstürzen, bin ich ernsthaft enttäuscht.«

Cam lachte kurz auf. »Ich werde die Maschine

nicht abstürzen lassen. Immerhin habe ich wichtige Ladung an Bord.« Er machte eine kleine Pause, bevor er verschmitzt grinsend mit dem Daumen auf den hinteren Teil des Flugzeuges wies. »Den Prototyp eines neuen Longboards. Ich werde das Brett dieses Wochenende ausprobieren.«

Ha, ha. Wochenende? Von einem ganzen Wochenende war nie die Rede gewesen. »Bleiben wir etwa über Nacht?«

Der Motor sprang an, und sie legte schnell ihren Sicherheitsgurt an. »Habe ich das nicht erwähnt?«, rief er ihr über den Lärm der Propeller hinweg zu.

»Nein, das hast du nicht.«

»Keine Sorge, ich habe alles dabei, was du brauchst.«

Er war egoistisch genug, dass er das vermutlich sogar glaubte.

Dennoch: Es war ein wunderschöner Tag, und sie genoss die fantastische Aussicht – nachdem sie endlich aufgehört hatte, Cam mit Argusaugen am Steuer zu beobachten: Er schien das zu tun, was Piloten normalerweise taten, und immerhin blieben sie in der Luft. Also sah sie aus dem Fenster und betrachtete die trockenen Felder, die Farmen, die grünen Bäume und die funkelnden Wellen.

Cam brachte die kleine Maschine ganz sanft auf

die Landebahn herunter. Und selbstverständlich wartete dort bereits ein Auto. Es war ein australischer Geländewagen. Sie fuhren eine Serpentinenstraße entlang. Auf der einen Seite hatte man einen atemberaubenden Blick auf die Bucht, und auf der anderen Seite erhoben sich die üppig bewachsenen Berge. Byron Bay war die reinste Postkartenidylle: Das blaue Wasser umspülte einen Sandstrand, der wie ein lächelnder Mund geformt war. Sie versuchte, nicht darauf zu achten, wie weiß die Schaumkronen der hohen Wellen waren, und konzentrierte sich stattdessen lieber auf den hellen, halbmondförmigen Sandstrand.

»Wohin fahren wir?«, fragte sie, als sie nicht die Straße zum öffentlichen Parkplatz nahmen.

»In mein Haus.«

Sie drehte den Kopf, um ihn anzusehen. »Du hast hier ein Haus?«

»Ich habe eine Menge Häuser. Hotels mag ich nicht besonders. Sie sind so kalt und unpersönlich. Und außerdem ist Grundbesitz eine gute Anlagemöglichkeit.«

Sicher. Natürlich wusste sie, wovon er sprach. Immerhin war sie mit ihrem Apartment in San Francisco ja auch beinahe so etwas wie eine Großgrundbesitzerin.

Sein Haus glich eher einem großen Cottage mit Meerblick. Klare Linien und modernes Design beherrschten das Bild. Ganz offensichtlich hatte die fantastische Aussicht bei der Gestaltung des Hauses im Vordergrund gestanden. Überall gab es Fenster. Parkettboden, kühle Farben, moderne, elegante Möbel. Zwei Schlafzimmer und ein Loft. Er hatte es zu *seinem* Haus gemacht. An den Wänden hingen statt Gemälden alte Surfbretter, Fotos vom Surfen, Gezeitentabellen und Seekarten.

»Möchtest du etwas essen oder trinken, bevor wir loslegen?«

Sie schüttelte den Kopf. »Ich bin wegen des Surfens ein bisschen nervös. Ich würde es gern hinter mich bringen.«

»Also gut. Schlüpf in deine Klamotten, und los geht's.«

»Okay.« Sie atmete tief durch. Das Surfen würde sie schon nicht umbringen. Wenn sie nicht gerade von einem Hai angegriffen wurde. Oder in eine tückische Unterströmung geriet. Oder auf einen dieser merkwürdigen Steinfische trat, von denen sie gelesen hatte ... »Äh, welches Zimmer soll ich nehmen?«

»Ich werde hier übernachten«, entgegnete er und wies auf den Raum, der zum Strand hinausging.

»Du bist herzlich eingeladen, dich mir anzuschließen. Wenn nicht, kannst du das andere Zimmer nehmen.«

Sie machte sich nicht die Mühe, darauf zu antworten, sondern ging schnurstracks in das andere Schlafzimmer. In der Tür drehte sie sich um und fragte: »Brauche ich zum Surfen nicht einen Neoprenanzug?«

Er blickte sie an, als wäre sie nicht mehr ganz bei Trost. »Nee.«

So viel dazu. Ein paar Minuten später hatte sie ihren Badeanzug angezogen, trug ihren Sarong, ihren Sonnenhut und eine Sonnenbrille und trat aus ihrem Zimmer. Eingecremt war sie ebenfalls. Sie war bereit. So bereit, wie sie nur sein konnte.

Draußen wartete Cam schon mit den Surfboards auf sie. Die Bretter sahen riesig aus. Wusste er denn nicht, dass sie das noch nie gemacht hatte? Sie wollte etwas in der Größe eines Skateboards – nicht dieses Ungetüm, das er für sie angeschleppt hatte.

Als sie diesen Punkt zur Sprache brachte, erwiderte er jedoch auf die ihm eigene poetische Art und Weise: »Nee. Das hier ist ein Anfängerboard. Es ist aus Schaumstoff. Du kannst es also nicht kaputt machen.«

»Sehr beruhigend.«
Er grinste nur und trug beide Boards zum Strand. Sie folgte ihm und dachte dabei, dass er kein so schlechter Kerl sein konnte, wenn er ihr schon das schwere Board zum Wasser trug.
Seite an Seite legte er die Surfbretter auf den Boden und forderte sie auf, sich auf dem Bauch auf ihres zu legen und im Sand das Paddeln zu üben. Dann warf er sich auf seines und demonstrierte ihr die Bewegungsabläufe. Sie versuchte, sich auf seine Technik zu konzentrieren und nicht auf seine sonnengebräunte Haut und das Spiel seiner wohldefinierten Muskeln. Oder auf das Sonnenlicht, das auf sein zerzaustes Haar fiel. Oder auf den Sand an seinem Kinn.
Wenn seine Aufmerksamkeit auf etwas anderes gerichtet war, als sie ins Bett zu bekommen, konnte es richtig viel Spaß machen, mit ihm zusammen zu sein, entschied sie. Sie lagen auf ihren Surfbrettern am Strand, ruderten mit den Armen und taten so, als wäre unter ihnen kein Sand, sondern Wasser.
»Okay«, sagte er und bewegte seine muskulösen Arme unermüdlich weiter, während sie allmählich müde wurde. »Du paddelst auf das Ufer zu, ja?«
»Ja.«
»Wenn du spürst, dass die Welle den hinteren Teil

deines Boards berührt, spring auf die Füße und bleib in der Hocke. So.« Er sprang auf und stand in geduckter Haltung mit ausgestreckten Armen auf dem Brett. Es sah so gut, so gekonnt aus, wie er das Board ritt, die Balance hielt und die Füße so präzise bewegte wie ein Fechter auf der Fechtbahn.

»Gut«, fuhr er fort. »Jetzt versuch du es.«

Es war eigentlich nicht so schwierig – abgesehen davon, dass sie sich nicht wie ein Surfer fühlte, der sein Board beherrschte. Sie fühlte sich eher unsicher und wie ein Idiot. Auf dem Sand war es für sie schon kompliziert genug – sie mochte sich nicht vorstellen, wie es sein würde, wenn sie erst auf dem Wasser war.

»Also gut«, sagte er, nachdem sie ungefähr eine Viertelstunde lang geübt hatten. »Bist du bereit, es zu probieren?«

»Wie bitte? Jetzt schon?«

»Sicher.«

Mit einem tiefen Atemzug erhob sie sich, legte ihren Sarong ab, nahm die Sonnenbrille und den Hut ab und schlüpfte aus ihren Schuhen.

Eine Leine verband das Surfbrett mit ihrem Knöchel. Mühsam zerrte sie ihr Board daran ins Meer, zog es hinter sich her, kämpfte gegen die Wogen an und schlug sich tapfer durch die »soup«, wie man das schaumbedeckte Wasser nannte, das nach dem Brechen der Welle an den Strand rollte. Als Cam ihr endlich sagte, sie könne stehen bleiben, war sie klatschnass, und das Salzwasser brannte in ihren Augen. Doch das Meer war warm, und sie saß nicht in einem stickigen Büro, sondern tat das, was sie insgeheim schon immer einmal hatte ausprobieren wollen.

»So«, sagte er, nachdem sie einige Wellen vorbeigelassen hatten. Unwillkürlich schluckte sie. Wenn es nach ihr gegangen wäre, hätten sie ruhig noch ein paar weitere Wellen durchlassen können.

»Hier kommt die nächste«, rief er. »Fertig? Und hoch!«

Unsicher kam sie auf die Beine – und wurde, noch ehe sie wusste, wie ihr geschah, vom Board geschleudert. Bevor sie sich's versah, war sie untergetaucht und schluckte Salzwasser. Als sie sich endlich wieder an die Oberfläche gekämpft hatte, stieß neben ihr die Spitze des Surfbretts aus dem Wasser – es sah beinahe so aus, als wollte der Ozean ihr die Zunge rausstrecken. Sie verspürte das dringende Bedürfnis, dem Ozean mit einer rüden Geste zu zeigen, was er sie konnte …

Cam lachte nicht, schmunzelte nur. Und er forderte sie auf, es gleich noch einmal zu versuchen.

Und noch einmal. Ihre Arme waren schwer wie Blei, ihre Knie von der rauhen Oberfläche des Boards aufgescheuert, und alles tat ihr weh. Doch sie war wild entschlossen, es zu schaffen.

Sie biss die Zähne zusammen und nahm sich jeden Ratschlag zu Herzen, den Cam für sie hatte.

Als sie dann eine Welle erwischte und in gebückter Haltung ein paar Meter surfte, fühlte sie sich, als würde sie fliegen. Dieses Hochgefühl war so überwältigend, dass sie vor Freude laut jubelte – bis sie wieder ins Wasser fiel. Aber es war ihr egal.

»Ich habe es geschafft«, schrie sie Cam zu. »Ich bin gesurft.«

»Ja, du hast es geschafft«, rief er zurück und wirkte mindestens genauso zufrieden mit seiner Schülerin wie sie mit sich selbst.

Sie sprang aufs Surfbrett und paddelte wieder hinaus. »Wirst du nicht langsam müde?«, fragte er.

»Nein. Ich will es noch einmal probieren.«

Von ungefähr zwanzig weiteren Versuchen gelang es ihr dreimal, in der Hocke kauernd zu surfen. Sie war erschöpft, aber zufrieden. Und als die Brandung sie dieses Mal wieder an den Strand spuckte, ließ sie es gut sein. Sie zerrte das Brett hinter sich her in den Sand, ließ sich auf den Rücken fallen und schloss die Augen.

Ihr Brustkorb hob und senkte sich schnell. Sie war vollkommen außer Atem. Ihre Haut fühlte sich durch das angetrocknete Salz spröde an, ihr Hals und ihre Nase waren wund, und jeder Muskel ihres Körpers schmerzte.

Völlig entkräftet lag sie im Sand, genoss die warmen Sonnenstrahlen auf ihrer Haut, sog die milde, süße Luft ein und fasste den Entschluss, sich für eine sehr lange Zeit nicht mehr zu rühren.

Plötzlich fiel ein Schatten auf ihr Gesicht. Sie nahm an, dass es Cam war, und entschloss sich, ihn zu ignorieren.

Nicht ganz so einfach zu ignorieren war allerdings, dass er sich auf sie legte und sie sanft und mit einer Zärtlichkeit küsste, die sie völlig überraschte.

Träge blinzelte sie ihn an. »Was war das?«

»Mund-zu-Mund-Beatmung.«

»Ich bin nicht tot.«

Er grinste sie an – teuflisch und unschuldig und liebenswert. »Siehst du? Da habe ich gute Arbeit geleistet.«

Sacht küsste er nun ihren Hals. Sie fühlte sein stoppeliges Kinn auf ihrer Haut, seine vollen, überraschend warmen Lippen und seine weiche Zungenspitze. »Du schmeckst, als hätte dich jemand gepökelt«, sagte er.

»Ich fühle mich, als hätte man mich außerdem mit einem Fleischklopfer bearbeitet. Was machst du da eigentlich?«

»Ich schmecke dich.« Ganz langsam ging er tiefer, zu der Stelle, an der sich ihre Brüste über dem Ausschnitt ihres Badeanzugs wölbten, küsste sie und reizte sie mit seiner Zungenspitze.

Sie war müde, sie fühlte sich schwach, und sie wollte ihn unbedingt berühren. Sie hob die Arme und schlang sie um seinen Körper, fuhr mit ihren Händen über seinen starken Rücken. Seine Haut war noch feucht, aber warm. So warm. Heute hatte er sie damit verblüfft, nicht mit seinem Können anzugeben. Er hatte ein paar Wellen gesurft und dabei so sexy und anziehend ausgesehen, dass ihr schier der Atem gestockt hatte. Dennoch hatte er sich zurückgehalten und nicht mit seinen Fähigkeiten geprahlt, sondern geduldig Stunden damit zugebracht, ihr das Surfen beizubringen.

»Danke, dass du mir geholfen hast«, sagte sie und schob ihn leicht beiseite, als er begann, sacht an ihrem Badeanzug zu knabbern.

»Gern geschehen. Ich könnte dir noch viel mehr beibringen«, sagte er und strich mit seinen Händen ganz sanft über ihre aufgerichteten Brustspitzen, die sich unter dem Stoff ihres Badeanzugs abzeichneten. »Du frierst ja. Lass mich dich aufwärmen.«

Eigentlich hätte er sehen müssen, dass es schon wirkte. Wärme durchströmte sie. Wärme, die von seinem Körper ausging, von seinen Händen, seinen Lippen und dem verwegenen Leuchten in seinen Augen. Sie fühlte sich, als befände sie sich in der berühmten Szene in *Verdammt in alle Ewigkeit.* Jeden Moment würde eine Welle über sie hinwegrollen. Und das wäre das Ende ihrer Standhaftigkeit.

»Ich werde Mark Forsythe heiraten«, erinnerte sie sie beide.

Er funkelte sie an. »Sicher?«

7. Kapitel

»Wir haben es geschafft!« Jen erhob ihr Glas und prostete Brenda und Fiona zu, die ihr geholfen hatten, in Rekordgeschwindigkeit einen kompletten Marketingplan und ein Angebot zu erstellen.

Sie ließen die Gläser klingen und nippten an ihrem Champagner, obwohl Jen in Wirklichkeit nicht nach Feiern zumute war. Seit dem Trip nach Byron Bay, auf dem sie sich hatte eingestehen müssen, dass ihre Gefühle für ihren Klienten tiefer waren als angemessen, hatte sie Tag und Nacht gearbeitet – vor allem nachts, um ihrem Gastgeber so gut es ging aus dem Weg zu gehen. Und das Ergebnis war, dass sie schon bald abreisen könnte. Vorzeitig.

Die drei Frauen saßen in einer Sitzecke in einem angesagten Thai-Restaurant und entspannten sich nach einem anstrengenden Arbeitstag. »Ohne euch beide hätte ich das nicht geschafft. Danke.«

»Bedeutet das, dass Sie schon bald abreisen?«, fragte Fiona.
»Ja. Ich habe ...« Unvermittelt musste sie daran denken, wie ihr Körper reagiert hatte, als Cam sie am Strand berührt hatte – und an die schlaflose Nacht, die sie verbracht hatte, nachdem sie ihm gesagt hatte, sie würde Mark Forsythe heiraten, und er sich daraufhin vollkommen unerwartet von ihr gelöst hatte. Das war das Problem mit Cam: Er blieb nicht in der Schublade, in die sie ihn gesteckt hatte – er überraschte sie immer wieder. »Ich muss nach Hause.«
»Wir werden Sie vermissen«, sagte Brenda. Sie zögerte und sah Jen dann offen an. »Und es wird verdammt schwer für Cam sein, wenn Sie gehen.«
Fiona nickte energisch. »Er fährt total auf Sie ab.«
»Ihr wisst es?«, fragte Jen schockiert.
»Klar«, erwiderten die beiden wie aus einem Munde. »Er lässt Sie nicht aus den Augen, wenn Sie in seiner Nähe sind«, fügte Fiona hinzu.
»Jedes Mal, wenn er mich sieht, fragt er mich, ob ich Sie mag und wie Sie vorankommen. Ihn hat's echt ganz schön erwischt«, erzählte Bren. »Aber natürlich ist es gut für ihn, auch mal zu verlieren. Für gewöhnlich kann er jede Frau haben.«
»Stimmt«, pflichtete Fiona ihr bei und nickte.

»Furchtbar. Es sind immer Frauen, die wie umwerfende Models aussehen. Sie sind die Erste, die nicht …« Abrupt hielt sie die Luft an und schlug sich mit der Hand vor den Mund. Doch Jen lachte.

»Es ist schon okay. Ich bin eben nicht der Modeltyp. Ich war schon immer das Mädchen von nebenan.«

»Das süße Mädchen von nebenan«, entgegnete Bren. »Und Cam ist verrückt nach Ihnen.«

Es war ein bisschen schwierig, mit Cams Halbschwester so offen zu reden, aber sie musste es versuchen. »Ich glaube, er will mich nur in sein Bett locken, um zu beweisen, dass *er* die Kontrolle hat.«

Bren brach in Lachen aus. »Ich wusste, dass Sie ihn durchschauen. Er ist manchmal so ein Arsch«, sagte sie. Doch trotz der unverblümten Worte spürte man, wie sehr sie Cam mochte. »Das hatte er vielleicht bei Ihrer Ankunft vor. Aber das hat sich geändert.« Leise fuhr sie fort: »Ich habe ihn noch nie so erlebt.«

»Ach, er ist es einfach gewohnt, immer das zu bekommen, was er will. Das ist vermutlich alles«, entgegnete Jen.

Bren sah sie an. »Vielleicht.«

Eigentlich wollte ich, dass er sich an mich immer als die Frau erinnert, die nein gesagt hat – ich hatte nicht vor, ihm weh zu tun, dachte Jen.
Nachdenklich fuhr sie nach dem Dinner mit dem ausgedruckten Angebot in ihrem Aktenkoffer nach Hause.
War er tatsächlich verletzt? Er war immerhin ein Mann von Welt. Sicher wollte er eine Affäre mit ihr – das hatte er so gut wie zugegeben –, doch er hatte nie durchblicken lassen, dass er mehr empfinden könnte.
Nein, entschied Jen. Bren und Fiona waren einfach junge, hoffnungslose Romantikerinnen. Er meinte es nicht ernst mit ihr.
Obwohl in seinem Blick eine Wärme lag, die zu Beginn noch nicht da gewesen war. Seit er aufgehört hatte, sie ständig verführen zu wollen, hatte sie angenommen, er würde sie als ebenbürtige Geschäftspartnerin anerkennen und sie als Freundin schätzen.
Sie biss sich auf die Unterlippe, als sie in seine Garage fuhr. Und sie konnte nicht verleugnen, dass sie für einen kurzen Moment ein freudiges Gefühl durchzuckte, als sie seinen Wagen dort stehen sah – vermutlich war er also zu Hause.
Wenn Bren und Fiona recht hatten, war es für sie

definitiv an der Zeit, das Land zu verlassen. Und was ist mit mir, fragte sie sich, als sie aus dem Auto stieg und hineinging. Mochte sie ihn nur als Freund?

So nervös, wie sie bei dem Gedanken an ihre Abreise wurde, war ihr klar, dass sie lieber heute als morgen gehen sollte. Es bedeutete nichts als Ärger, wenn sie sich in Cameron Crane verliebte.

Sie hätte bis zum nächsten Morgen warten können, um ihm das Angebot zu geben, doch sie wusste, dass Cameron Crane den Papierkram nachts zu Hause erledigte. Also war es nur logisch und vernünftig, ihm die Unterlagen jetzt reinzureichen.

Als sie sein Arbeitszimmer erreichte, saß er an seinem Schreibtisch. Sein Computer lief, und um ihn herum lagen Papiere verteilt. Sie hatte ihn schon viele Nächte so gesehen. Zwar hatte er den Ruf, ein trinkfester Womanizer zu sein – doch während der ganzen Zeit, die sie sein Gast gewesen war, hatte er sich in dieser Beziehung augenscheinlich sehr zurückgehalten.

Sicher, er hatte seinen Spaß, wenn er ausging. Aber es war klar, dass er sein Millionen-Dollar-Imperium in so jungen Jahren nicht aufgebaut hatte, weil er ein Playboy war.

Dieser Mann war ein Workaholic.

»Wie geht's?«, fragte er. Sie blieb in der Tür stehen. Wieder erkannte sie diese Wärme in seinem Blick und erinnerte sich daran, was seine Schwester gesagt hatte. Sollte er tatsächlich verrückt nach ihr sein?

Als sie spürte, dass auch sie ein warmes Gefühl ergriff, musste sie sich dieselbe Frage über ihn stellen. »Mir geht es gut«, erwiderte sie. »Und dir?«

»Könnte nicht besser gehen. Hast du da das, was ich glaube?«

»Das sind mein vorläufiger Marketingplan und mein Angebot, ja.« Sie reichte ihm die gebündelten Unterlagen.

Er legte sie neben sich auf den Schreibtisch und blickte sie wieder an. »Ich werde es später lesen. Nenn mir einfach die wesentlichen Punkte.«

Sie nahm auf dem Stuhl vor seinem Schreibtisch Platz. Ihr schoss durch den Kopf, dass er mit seinem etwas ungepflegten, gebräunten Gesicht, dem zerzausten, von der Sonne geküssten Haar und seinen Surferklamotten eher wie ein Junge wirkte, der einen Erwachsenen spielte.

»Ich bin mit der ersten Recherche fertig, und ich glaube, ihr seid bereit für den kalifornischen Markt. Die Markteinführung würde ich für den nächsten Frühling vorschlagen. Das ist zwar schnell und offensiv, aber«, sie hielt inne, um ihn anzulächeln, »schnell und offensiv ist schließlich ganz nach deinem Geschmack.«

Er grinste. »Allerdings.«

»Ihr habt ein wunderbares Produkt, und das wisst ihr auch. Trotzdem ist der Wettbewerb in Kalifornien hart. Offen gesagt denke ich, dass der Sprecher für *Crane* und die Werbekampagne entscheidend sind.«

»Du hast doch gerade gesagt, dass unsere Produkte wunderbar sind.«

»Das stimmt. Die Werbekampagne bringt die Leute dazu, auf euren Boards zu surfen und eure Klamotten zu tragen. Danach müssen eure Produkte für sich sprechen. Und die Mundpropaganda ist wichtig.« Sie runzelte die Stirn, als Zweifel sie überkamen.

Dies war der schwierigste Part ihres Jobs: grünes oder rotes Licht zu geben, wenn alles, was sie in der Hand hatte und worauf sie sich verlassen konnte, Recherche und ihr Instinkt waren. Wenn sie sich irrte, war der Verlust enorm. »Du gehst ein ziemliches Risiko ein – das solltest du wissen.«

Grinsend verschränkte er die Arme hinter dem Kopf und lehnte sich zurück. »Erst wenn man Risiken eingeht, fängt der Spaß an, Schätzchen.«

Er sah sie lange ruhig an, und sie hörte die rote Surfbrettuhr an der Wand ticken. »Du solltest es mal ausprobieren.«

»Ich …« Sie war genauso bereit, Risiken einzugehen, wie jeder andere Mensch auch. Oder etwa nicht? Dann war ihr Verlobter eben zu Hause und stellte Tabellen ihres gemeinsamen Einkommens auf und saß grübelnd über Tilgungsplänen für eine Hypothek mit einer Laufzeit von dreißig Jahren. Das bedeutete noch lange nicht, dass sie Wagnisse scheute. Doch sie stockte. »Wir sind hier, um über *Crane Enterprises* zu reden, nicht über mich.«

»Ich bin kreativ und flexibel. Ich kann über zwei Dinge gleichzeitig nachdenken. Sogar drei, um genau zu sein. Möchtest du wissen, worüber ich gerade noch nachdenke?«

Langsam ließ er seinen Blick von ihrem Gesicht bis hinunter zu ihren Füßen gleiten, und sie spürte, wie Wärme sie durchströmte. Oh, sie wusste genau, was er in diesem Moment dachte. *Verdammter Kerl.* Wenn sie doch bloß nicht dasselbe denken würde …

Sie räusperte sich. »Ein Sprecher«, sagte sie. »Wir müssen uns darauf konzentrieren, einen Sprecher für *Crane Enterprises* zu finden.«

»Willst du eine berühmte Persönlichkeit? Einen

Schauspieler, der auch bei euch drüben bekannt ist?«

Darüber hatte sie nachgedacht. Lange und intensiv. Sie schüttelte den Kopf. »Ein bekannter Name wird sicherlich schnell die Aufmerksamkeit der Leute erregen, aber die Gefahr dabei ist, dass sich die Menschen eher für den Star als für das Produkt dahinter interessieren.«

»Das erscheint mir plausibel.«

»Ich habe an dich gedacht.« Sogar mehr, als gut war. »Du hast das Charisma und eine gewisse animalische Anziehungskraft, die sicherlich sehr gut ankommt bei den … Frauen.«

Er lächelte sie an. »Ich hätte nicht gedacht, dass es dir auffällt. Animalische Anziehungskraft, hm?«

Dabei hatte er es ganz genau gewusst. Sie ignorierte den offensichtlichen Versuch, das Gespräch vom geschäftlichen auf ein privates Level zu bringen. »Aber bei deinem straffen Terminplan bezweifle ich, dass du die Zeit dazu hast. Und für die Markteinführung wirst du viel vor der Kamera stehen müssen. Ich denke, wir sollten jemanden finden, der außerhalb von Australien vollkommen unbekannt ist. Erinnerst du dich daran, was Paul Hogan für die Verkaufszahlen von *Foster's Beer* in den USA getan hat?«

Er nickte.
»Wir brauchen jemanden, der dasselbe für euer Produkt erreichen kann. Es könnte ein Model, ein Surfer, ein Schauspieler sein – jemand, der frei ist, keine Verpflichtungen hat und von daher eine ganze Zeit lang in Kalifornien verbringen könnte.«
Wieder nickte Cam. »Jeder, der für *Crane* arbeitet, ist surfbesessen. Die Leute sind jung, einige auch gutaussehend, denke ich, und sie kennen sich mit den Produkten aus. Wie wäre es mit einem von ihnen?«
»Ich habe die Augen offen gehalten, aber bisher hat keiner von ihnen mich wirklich überzeugt.« Bis auf den verdammt sexy aussehenden Crane selbst natürlich. Doch sie tat ihr Bestes, um diese Empfindung zu ignorieren.
»Was werden wir nun tun?«
»Wenn du mit diesem Konzept und dem Budget einverstanden bist, werde ich einige Agenturen hier und zu Hause mit der Umsetzung beauftragen.« Sie zuckte die Schultern. »Man kann nie wissen. Vielleicht kellnert in diesem Moment irgendwo in Manhattan oder Vail irgendein Australier, der perfekt für die Kampagne wäre.«
»Also muss es kein ausgebildeter Schauspieler sein?«

»Nein. Wichtig ist nur, dass derjenige das Aussehen hat, gut gebaut ist und die richtige ... Einstellung besitzt. Ich kann es nicht genau erklären – ich weiß es, wenn ich ihn sehe.« Sie erhob sich. »Vertrau in dieser Sache einfach auf meinen Instinkt. Dafür bezahlst du mich schließlich.«
Langsam nickte er. »Also gut. Ich werde deine Vorschläge heute Nacht lesen, und wir reden morgen darüber.«
»Gute Nacht dann.«
Er blickte sie an, stand ebenfalls auf und trat zu ihr. Ihr war bewusst, dass es schon nach Mitternacht war und dass sie allein im Haus waren. Es gab nichts, was sie jetzt noch davon abhielt, übereinander herzufallen. Nichts – bis auf ihre moralischen Bedenken.
Cam schien ihre Gedanken erraten zu haben. »Du bist nur noch eine Woche hier. Willst du wirklich brav nach Hause zurückkehren? Zu deinem Mann und deinem vorhersehbaren Leben?«
»Ja«, entgegnete sie entschlossen und klammerte sich an ihre Vorstellung davon, was richtig war. »Das werde ich.«
»Du würdest dich immer fragen, was geschehen wäre. Du würdest dich immer fragen, wie es gewesen wäre.«

Das war ihr bewusst. Auch in diesem Moment gingen ihr diese Fragen durch den Kopf. Sie versuchte, ruhig zu atmen, doch ihre Lunge schien vergessen zu haben, was ihre eigentliche Funktion war und reagierte äußerst seltsam. »Ich bin verlobt«, stieß sie leise, beinahe verzweifelt hervor. Es war ihre letzte Möglichkeit der Verteidigung – und auch dieser Widerstand schien zu bröckeln.

»Überhaupt nichts ist entschieden«, versetzte er. »Du bist noch nicht vergeben. Ich mache mich nicht an verheiratete Frauen heran, aber du bist nicht verheiratet. Und wenn du mich so ansiehst, wie du mich im Moment ansiehst, und mich küsst, wenn ich …«

»Ich habe nicht …«

»Nicht nötig, es abzustreiten. Wir beide wissen, dass es so ist. Du solltest dir wenigstens die Mühe machen und herausfinden, was du für den Rest deines Lebens vermissen wirst.«

»Und wozu? Was soll das bringen? Vielleicht habe ich noch kein Eheversprechen gegeben, aber ich habe Mark zugesagt, ihn zu heiraten. Er verdient meine Loyalität.«

»Er verdient etwas Besseres, als eine Frau, die ihn nicht liebt.«

»Wer sagt, dass ich ihn nicht …«

»Wenn du ihn lieben würdest, würdest du dann ernsthaft in Erwägung ziehen, mit mir ins Bett zu gehen?«

»Tja, das ist der Beweis, weil ich nämlich gar nicht in Erwägung ziehe, mit dir ins Bett zu gehen. Ich gebe zu, dass du attraktiv bist – oder sein könntest, wenn du dich öfter rasieren würdest. Und ich mag deinen Verstand und deinen … Geschäftssinn …«

Mit einem Lachen unterbrach er ihre Schimpftirade. »Wegen meines Geschäftssinns hast du bestimmt keine Schatten unter den Augen, meine Liebe. Du kannst nicht schlafen. Und ich weiß, warum.« Er streckte seine Hand aus, um ihr Haar zu berühren und eine Locke hinter ihr Ohr zu schieben. Diese kleine Geste ließ sie bis in die Zehen erschauern.

»Du willst mich. Ich will dich.« Er war ihr nahe genug, dass sie seine Wärme spüren, jedes Barthaar an seinem Kinn erkennen, seinen Duft wahrnehmen konnte – seinen Duft nach Wärme und Männlichkeit, nach Seife und frischgewaschenem T-Shirt.

»Das tue ich nicht«, seufzte sie.

»Doch, das tust du.« Und dann zog er sie behutsam an sich und küsste sie.

Wie können ein Paar Lippen mich so vollkommen

aus der Fassung bringen, fragte sie sich, als sie seinen Kuss erwiderte. Sie spürte die Hitze, die durch ihren Körper strömte.

Vielleicht hatte er recht. Wenn sie mit dem Gedanken spielte, mit einem anderen Mann zu schlafen, stand ihre Zukunft mit Mark auf tönernen Füßen. Doch hier zu sein, Cam zu küssen und zu wissen, dass sie in dieser Nacht seiner Anziehungskraft nachgeben würde, machte ihr deutlich, dass sie nicht die Frau war, für die sie sich selbst gehalten hatte. Und aus irgendeinem Grund war Cameron Crane der Mann, der ihr half, ihr wahres Ich zu finden.

Jen umarmte ihn und schmiegte sich an ihn, um ihn voller Leidenschaft zu küssen. Mit ihren Händen strich sie über seinen Rücken und war glücklich, endlich das tun zu können, wonach sie sich schon von Beginn an gesehnt hatte.

»Ich möchte mit dir schlafen«, flüsterte sie und lehnte sich an ihn. Sie wollte ihn so sehr, dass sie das Gefühl hatte, sich keinen Augenblick länger zurückhalten zu können.

»Hm.« Er drückte sie gegen die Wand und küsste sie stürmisch, hemmungslos. Seine Hände erforschten ihren Körper.

Und während sie sich ihren Gefühlen hingab,

weigerte sie sich schlicht, sich Gedanken darüber zu machen, wie sehr sie diesen Schritt vielleicht irgendwann bereuen würde. Denn was gerade mit ihnen geschah, schien zu bedeutungsvoll, zu entscheidend zu sein, um sich dagegen zu wehren. Seine Hände zitterten ein wenig, als er die Knöpfe ihrer Bluse öffnete, den Verschluss ihres BHs aufmachte und den Stoff zur Seite schob, damit er ihre Brüste berühren konnte. Kleine Schauer und heißes Fieber jagten abwechselnd über ihre Haut, als er ihre Brüste anfasste und ganz leicht und beinahe vorsichtig begann, ihre Brustspitzen zu reizen.

Sie hörte das Summen des Computers, das Ticken dieser albernen Surfbrettuhr und Camerons leise geflüsterte Worte.

Er griff nach dem Reißverschluss ihrer marineblauen Caprihose. Nur schwach nahm sie den Gedanken wahr, dass sie statt im Bett gleich hier in seinem Arbeitszimmer miteinander schlafen würden – denn sie wollte ihn so sehr, dass sie keine Zeit damit vergeuden wollte, nach oben in sein Schlafzimmer zu gehen. Schon zerrte sie an seinem T-Shirt, begierig, seine nackte Haut auf ihrer zu spüren.

Er half ihr dabei, sein Shirt auszuziehen, und warf

es achtlos irgendwohin. Wieder zog er sie an sich. Sie genoss die Wärme, die er verströmte, spürte seine Brusthaare auf ihrer Haut, nahm das Pochen seines Herzens, das Pochen ihres Herzens wahr. Ungeduldig schlang sie die Arme um seinen Nacken und küsste ihn wieder.

»Wir werden uns morgen früh darum kümmern, deinen Flug zu verschieben«, murmelte er.

Ein unterdrückter Aufschrei entfuhr ihr, als sie sich abrupt von ihm löste und zurückwich. Sie griff nach ihrer Bluse, warf sie sich über und knöpfte sie zu. »Oh, was habe ich mir nur dabei gedacht«, stieß sie aufgewühlt hervor. »Alles, was du willst, alles, was du immer wolltest, seit ich hier angekommen bin, ist, mich zu kontrollieren.«

Er kniff ganz leicht die Augen zusammen, und sie bemerkte, wie sich seine Leidenschaft in Wut verwandelte. »Ich will Zeit mit dir verbringen. Du glaubst, eine Woche reicht aus? Nicht für das, was ich mit dir vorhabe.«

»Ich bin keine Firma, die reif für die Übernahme ist. Wenn ich mit dir schlafe, dann schlafe ich mit dir, weil ich es so will. Und wenn ich in einer Woche abreise, dann reise ich in einer Woche ab.«

Kalt blickte er sie an. »Ich denke nicht, dass ich der Einzige bin, der gern kontrolliert. Gib es zu,

Schätzchen: Du liebst es, das Sagen zu haben. Was hast du vor? Eine Woche lang mit mir vögeln und dann nach Hause zu deinem lahmen Freund fahren, dessen Vorstellung eines persönlichen Geschenkes ein verdammter Füller ist?«

»Ich bin nicht sein Eigentum. Und deines auch nicht. Ach, vergiss es«, sagte sie. »Vergiss es einfach.«

»Gut.«

8. Kapitel

All die Millionen auf dem Konto, sein Foto auf dem Cover von *Business Review Weekly* und sogar ein Ehrendiplom der Macquarie Universität – und trotzdem schaffte Cam es nicht, eine sture Frau zur Vernunft zu bringen.

Nachdem er ein Bier geleert hatte, öffnete er die nächste Flasche.

Vermutlich packte sie bereits. Sie würde ängstlich nach Hause rennen, zu dem Mann, den sie kontrollieren konnte, und dem Leben, das sie ganz sicher langweilen würde.

Und nur, weil er seine Klappe nicht hatte halten können, war sie davongelaufen. Morgen früh wäre der richtige Zeitpunkt gewesen, um mit ihr über ihren Rückflug zu sprechen. Ja. Jetzt war ihm das auch klargeworden.

Ausgezeichnet. Wirklich ganz ausgezeichnet.

Er hatte sie fast so weit gehabt, und dann hatte er

sie mit einem einzigen Satz in die Flucht geschlagen.
»Verdammter Mist«, murmelte er.
Es entsprach nicht seiner Natur, einfach aufzugeben – nicht, wenn er etwas wirklich wollte. Und er wollte die verdammte Jennifer Talbot mehr als irgendetwas anderes jemals zuvor. Was er nun brauchte, war ein Schlachtplan.
Nachdenklich klopfte er mit dem Flaschenhals gegen seine Vorderzähne. Bren, entschied er. Sie war diejenige, die er ins Boot holen musste. Er hatte sie öfter mit Jen zusammen gesehen. Möglicherweise hatte sie ein paar Ideen.
Und so wartete er am nächsten Morgen bereits in ihrem Büro auf Bren, als sie – wie immer – zu spät zur Arbeit erschien.
»Du brauchst gar nichts zu sagen«, sagte sie und hob abwehrend die Hände. »Ich habe die ganze Woche lang wie eine Irre an der Schwimmmodenkollektion gearbeitet. Ich finde weder den richtigen Stoff noch die passenden Farben oder einen günstigen Preis. Also mach mich bitte nicht an.«
»Es ist wohl wieder spät geworden gestern, hm? Du hast noch immer was von dem glitzernden Make-up auf den Schultern.« Doch er klang nicht

vorwurfsvoll, sondern eher milde. Immerhin brauchte er ihre Hilfe.
Da sie ihn schon ihr ganzes Leben kannte, stemmte sie nun die Hände in die Hüften und blickte ihn an. »Also gut. Was willst du?«
»Jennifer Talbot.«
Mit einem verschmitzten Lächeln ließ Bren sich auf die pinkfarbene Couch fallen, die sie in ihrem Büro stehen hatte. »Ich wusste es. Du bist verrückt nach ihr, habe ich recht?«
Er nickte. »Und jetzt ist sie sauer auf mich.«
Wieder hob sie abwehrend die Hände. »Vergiss es – ich gehe nicht als Schlichter dazwischen.« Sie kramte zwischen den Papierstapeln herum, die auf dem langen Tresen hinter dem Sofa lagen, wo theoretisch ihr Arbeitsbereich sein sollte. In Wirklichkeit hob sie dort jedoch alles mögliche unnütze Zeug auf. Wie sie in diesem Chaos überhaupt etwas zustande brachte, würde ihm wohl immer ein Rätsel bleiben. »Aber wenn du schon mal hier bist, kann ich dir gleich die Farbmuster für die neuen Neoprenanzüge zeigen. Wenn ich sie verdammt noch mal finde …«
»Ich will dich nicht als Schlichter.« Angesichts der Unordnung war er sicher, in der nächsten Zeit keine Farbmuster zu Gesicht zu bekommen.

»Ich brauche deinen Rat.«

Mitten in einem der Papierstapel hielt sie inne. »Echt?«

»Ja. Was mag sie? Wie kann ich sie dazu bringen, zu bleiben?«

Bren schüttelte lächelnd den Kopf. »Sie ist eine Frau, du großer dummer Schwachkopf. Sie steht auf Romantik.«

Er wünschte, er hätte Bren nicht gefragt. »Romantik.«

»Ja. Blumen, Pralinen, Champagner, Mondschein.« Sie lachte. »Ich weiß, dass du das draufhast. Du hast einen weichen Kern – den du nur leider die meiste Zeit über sehr gut versteckst.«

»Meinst du?« Er hielt inne, um ihren Tischkalender ein paar Monate weiter auf den aktuellen Stand zu bringen. »Hat sie irgendetwas über mich gesagt?«

»Nein.« Dann lachte sie wieder. »Das, was sie *nicht* sagt, ist viel wichtiger. Wenn du mich fragst, ist sie verrückt nach dir, weiß aber nicht, wie und ob sie dem nachgeben soll. Sie ist dir sehr ähnlich. Sie kann nicht zugeben, einen Fehler gemacht zu haben.«

»In einer Woche will sie abreisen. Und ich habe keine Ahnung, wie ich sie zum Bleiben bewegen soll.«

Bren sah ihn an, als wäre er verrückt. »Hast du ihr gesagt, was du empfindest?«
»Mann, ich hätte dich gar nicht erst fragen sollen. Du willst mein Leben in eine dieser albernen Seifenopern verwandeln.«
»Ich dachte mir schon, dass du das nicht getan hast.« Mit einem unwilligen Schnalzen ging sie zur Tür. »Sag ihr, dass du sie liebst, du Dummkopf.«

Jen erstellte am Computer gerade eine Tabellenkalkulation, als Cam den Kopf durch die Bürotür steckte.
Obwohl sie nicht in ein Hotel umgezogen war, hatte sie sich einen Wagen gemietet, damit sie kommen und gehen konnte, wann sie wollte. Und nie war sie so froh gewesen, allein ins Büro fahren zu können, wie an diesem Morgen.
»Hast du einen Moment?«, fragte er.
»Sicher«, erwiderte sie in einem Tonfall, der – wie sie hoffte – kühle Professionalität und persönliche Distanziertheit ausdrückte. »Ich habe noch eine ganze Woche.« Als würde sie ihren Rückflug umbuchen, nur weil Cameron Crane der Meinung war, sie würde ihm nach dem Sex wie eine liebeskranke Idiotin folgen, bis er entschied, dass es Zeit war für sie zu gehen.

Da stand er nun und starrte sie an. Wenn es hier einen liebeskranken Idioten gibt, dann ist er es doch wohl, schoss es ihr durch den Kopf. Zwar wollte sie nicht schwach werden, aber wenn er sie so ansah, war sie verloren.

»Was kann ich für dich tun?«, fragte sie und betete, dass ihr geschäftsmäßig sachlicher Ton das wilde Pochen ihres Herzens übertönte.

»Ich wollte mich entschuldigen. Ich …« Er schien zu leiden – so als würden die Worte, die aus seinem Mund kamen, ihm weh tun.

»Du?«

»Es tut mir leid wegen gestern Nacht.«

Jen nahm einen Tacker in die Hand und legte ihn gleich wieder beiseite. »Wahrscheinlich ist es ganz gut, dass wir letzte Nacht nicht weiter gegangen sind. Ich habe nicht mehr klar denken können. Miteinander zu schlafen wäre ein furchtbarer Fehler gewesen.«

»Iss heute mit mir zu Abend.«

»Ich bin mir nicht sicher …«

»Ich habe letzte Nacht deinen Bericht gelesen.«

Ihr Herzschlag beschleunigte sich. »Und?«

Er grinste sie an. »Zieh dir was Schickes an. Wir werden feiern.«

Okay, er hat sich gerade vielleicht ein bisschen anmaßend verhalten, dachte sie bei sich, nachdem er das Büro verlassen hatte. Aber sie war bereit, eine ganze Menge hinzunehmen, wenn der Mann den Marketingplan akzeptierte, der nicht nur ausgesprochen offensiv, sondern auch kostspielig war. Sie wollte ihm beweisen, dass seine Entscheidung die richtige war und dass sie und ihre Firma jeden einzelnen der zahlreichen Pennys wert waren, die er bereit war auszugeben. Deshalb hängte sie sich sofort ans Telefon und begann den Plan umzusetzen, der so zielstrebig und überzeugend war wie der Mann, der hinter dem Unternehmen stand. Wenn sie innerhalb der nächsten Woche einen geeigneten Sprecher für die Firma fand, würde sie den Rest von ihrem Büro in San Francisco aus koordinieren können.

Sie telefonierte mit jeder Werbeagentur in der Stadt und fragte nach Künstlermappen. Dann rief sie in ihrem Büro zu Hause an und beauftragte Lise Atwater, die die Werbung abwickeln würde, passende australische Schauspieler oder Models aufzutreiben, die bereits in den Staaten arbeiteten.

Cam hatte sie gebeten, etwas Schickes anzuziehen. Während sie eine Dusche nahm, dachte sie über ihre Möglichkeiten nach. Da sie aus dem Koffer

lebte, waren die nicht gerade unbegrenzt. Doch sie hatte ein weich fließendes blaugrünes Neckholder-Kleid aus seidigem Chiffon mitgebracht, das sie liebte. Sie schlüpfte hinein und stellte sich vor, wie Cameron »todschick« seufzte. Für ihr Haar und ihr Make-up nahm sie sich viel Zeit.
Tat sie das Richtige? Sie wusste es nicht. Cameron Crane war ein Mann, der ihr geordnetes Weltbild, ihr Bild von sich und ihrem Leben ins Wanken, ja, zum Einsturz bringen konnte. Wollte sie das?
Mark ist ein guter Mann, ermahnte sie sich. Doch war er auch der richtige Mann? Wenn sie sich so leicht zu einem anderen hingezogen fühlte, wie konnte sie dann bereit sein, ihn zu heiraten?
Sie schnappte sich den seidenen Schal, der zum Kleid gehörte, und entschloss sich, ihrem Instinkt zu vertrauen.
Dann verließ sie ihr Zimmer und ging hinunter. Fast am Fuße der Treppe angelangt, stoppte sie abrupt. Ihr Herzschlag schien einen Augenblick lang auszusetzen. Cam trug einen Anzug. Er sah sie auf der fünften Stufe stehen. Mit einem schiefen Lächeln sagte er: »Du siehst bezaubernd aus.«
Woher hatte er gewusst, dass ein Mann im Smoking ihre größte Schwäche war? Oh, und sein Anzug stand ihm so gut. Unter dem feinen Stoff des

eleganten Smokings erahnte sie das Spiel seiner Muskeln. Er war glattrasiert und beim Friseur gewesen – sein Haar war nicht zu kurz geschnitten, aber wirkte viel ordentlicher als vorher. Er hatte sich sogar gekämmt. Nur seine Nase, die so aussah, als hätte er sich ein paarmal zu oft geprügelt, und der wilde Ausdruck in seinen Augen waren unverändert.

»Sitzt meine Krawatte schief?«, fragte er und fingerte an seinem Binder herum, der tatsächlich perfekt saß.

»Ich habe eine Schwäche für Männer mit schwarzen Krawatten«, gab sie zu. Sie war vor Freude schier außer sich, weil er sich für sie zurechtgemacht hatte.

»Oberkellner lieben dich sicher dafür.«

»Oh, und lass mich bloß nicht in die Nähe einer Nachtclubband.«

»Keine Sorge«, entgegnete er. »Das werde ich nicht.« Die besitzergreifende Art, mit der er sprach, ließ keinen Zweifel daran, dass er noch immer den Wunsch hatte, mit ihr zu schlafen.

»Der Wagen steht draußen bereit.« Er streckte seine Hand aus. Während sie die restlichen Stufen nach unten ging, spürte sie seinen Blick auf sich ruhen. Und als er ihre Hand ergriff, jagten kleine

Schauer über ihren Rücken, und ihr Magen zog sich vor Aufregung zusammen.
»Eine Limousine?«, fragte sie, als sie den Fahrer die Hintertür eines langen schwarzen Wagens öffnen sah.
»Habe ich doch gesagt. Wir feiern.«
Sie glitt auf den Rücksitz, und er nahm neben ihr Platz. Er riecht sogar gut, dachte sie, als sie sich zurücklehnte. Sie kannte ihn gut genug, um zu wissen, dass er es lässig liebte – in allen Bereichen: von seiner Kleidung bis hin zu seinem ganzen Lebensstil. Sich in einen Smoking zu schmeißen, sich zu rasieren, zu kämmen, eine Limo zu organisieren und sich in einen Wagen zu setzen, den er nicht selbst lenkte und kontrollierte, war ihm bestimmt nicht leichtgefallen. Und all das hatte er nur für sie getan. Sie wandte sich ihm zu und dachte, dass er ihr glattrasiert sehr gut gefiel – doch auch zerzaust und ein bisschen unordentlich mochte sie ihn.
Seine Augen schienen sie zu durchbohren, als er sich ohne ein Wort zu sagen vorbeugte. Er küsste sie so, wie ein Mann in einem Smoking eine Frau küssen sollte – sanft, auf die Lippen, ohne sie zu bedrängen.
Und ohne sich dessen wirklich bewusst zu sein,

beugte sie sich ebenfalls vor und verlangte nach mehr. Mit einem animalischen Aufstöhnen, das für einen Mann in einem Smoking vollkommen unangebracht, doch für Cameron Crane absolut passend war, zog er sie an sich und küsste sie voller Leidenschaft.

Sie erwiderte seinen Kuss mit all ihrer Leidenschaft, bis das Verlangen der beiden wuchs, immer mehr aufkeimte und erblühte – und das alles in weniger als zwei Minuten.

»Himmel«, murmelte er, wich zurück und entzog sich ihrer Reichweite. »Ich habe mir selbst geschworen, ich würde mich einen Abend lang in deiner Nähe mal nicht wie ein Tier aufführen. Um zu beweisen, dass ich auch ein Gentleman sein kann.« Er dachte einen Moment lang darüber nach. »Wenn ich mich voll darauf konzentriere.« Mit einem finsteren Blick schob er die Hände in die Hosentaschen. »Tut mir leid.«

»Ich habe dein Haar in Unordnung gebracht«, sagte sie und überlegte, dass er ihr viel vertrauter war, wenn sein Haar in alle Richtungen abstand, und wie froh sie war, dass er von seiner Lust übermannt wurde, wenn er in ihrer Nähe war.

9. Kapitel

Sie fuhren durch die dunklen Straßen, und Jen gestattete es sich ausnahmsweise, sich wie eine Touristin zu fühlen. Vor ihnen erhoben sich majestätisch die Sydney Harbour Bridge und davor die berühmten weißen Segel des Opernhauses, die immer größer wurden, je näher sie kamen.

»Wir gehen ins Ballett«, sagte er. »Heute findet die Gala zum Saisonbeginn statt.«

»Ich hätte gedacht, dass du dich wohler dabei fühlst, wenn du Australian Football schaust oder so etwas.«

»In Sydney wird hauptsächlich Rugby gespielt. Und du rechnest mir meinen Feinsinn gar nicht richtig an«, erwiderte er und klang leicht gekränkt.

»Du hast recht. Es tut mir leid. Gehst du oft ins Ballett?«

Sein Lächeln blitzte in der Dunkelheit auf. »Ich glaube, es ist das zweite Mal.«

»Woher wusstest du, dass ich gern gehe?«
»Du bist nicht die Einzige, die Marktforschung betreibt. Du bist im Vorstand der *San Francisco Ballet Society*.«
Gut, dann hatte er sich also viel Mühe gegeben, um sie mit einer romantischen Geste zu beeindrucken. Sie konnte nicht umhin, sich geschmeichelt zu fühlen.
Und sie war begeistert, als sie schließlich das berühmte Opernhaus betraten, das auf fast jeder Postkarte abgebildet war, die sie jemals aus Australien bekommen hatte.
Innen boten die riesigen Fenster eine imposante Aussicht auf den Hafen, den sie so sehr liebte. Sie stand einfach da und starrte hinaus auf die funkelnden Lichter, während Cam an der Bar einen Drink holte.
Von einer Privatloge aus konnten sie die Aufführung der neuesten Produktion der *Australian Ballet Company* verfolgen, und Jen verbrachte die ersten Minuten damit, sich von ihrem Sitzplatz aus in dem beeindruckenden Operntheater umzusehen, das der zweitgrößte Raum der Oper war. Die Wände und die Decke waren schwarz. Der Boden war laut Cam aus Brushbox-Holz. Die Sessel waren aus weißem Birkenholz gefertigt und mit rotem Stoff

aufgepolstert, damit der Raum gleichzeitig erdverbunden, urwüchsig und doch auch opulent wirkte.
Als dann die Aufführung begann, verlor Jen sich in einer ihrer großen Leidenschaften. Ab und an warf sie ihrem Begleiter verstohlene Blicke zu – doch wenn er sich wünschte, lieber mit einem Bier und seinen Kumpeln in einer lauten Bar zu sein, so versteckte er das gut.
»Oh, das war ganz wundervoll«, schwärmte sie später. Sie fühlte sich noch immer selig und hatte leuchtende Augen, als sie gingen. Cam war zwar nicht oft im Opernhaus, aber er war bekannt und musste oft anhalten, um hallo zu sagen und Schultern zu klopfen. Er stellte sie Politikern vor, ein paar Geschäftsleuten und sogar einigen Schwimmern, die bereits olympische Medaillen gewonnen hatten. Und immer stellte er klar, dass sie eine Geschäftspartnerin war, die zu Besuch in Australien war, und nicht eine seiner Freundinnen.
Zum ersten Mal erlebte sie, wie er sich als Multimillionär verhielt. Möglicherweise tut er das auch, um mich zu beeindrucken, schoss es ihr durch den Kopf. Die Vorstellung war so süß, dass sie wirklich gerührt war.
Als sie den *Circular Quay* entlangspazierten, kamen

sie an einer Gruppe koreanischer Matrosen in steifen Uniformen vorbei, an zwei Männern, die Händchen hielten, einer Gruppe kichernder junger Mädchen und einer Menge anderer Menschen: Sie entdeckten Familien, Rucksacktouristen und flanierende Liebespaare, die wahrscheinlich genauso aussahen wie sie.

Jen nahm an, sie würden vielleicht in einem der Restaurants speisen, die das Opernhaus umgaben, doch stattdessen führte Cam sie zu einem wartenden Wassertaxi.

»Ich dachte, wir würden zusammen zu Abend essen«, sagte sie.

»Werden wir auch. Mit dem Taxi fahren wir zum *Finger Wharf* in Wooloomooloo, wo mein Boot liegt. Ich habe die Crew beauftragt, uns etwas zuzubereiten. Ich hasse Restaurants«, entgegnete er und warf ihr einen Blick zu. »Zu unpersönlich.«

Sie glaubte diese Entschuldigung nicht eine Sekunde lang. Doch ihr gefiel die Vorstellung, mit ihm allein zu sein. Und so ließ sie sich von ihm ins Wassertaxi helfen. Zügig fuhren sie zu seiner Jacht.

»Man fühlt sich fast wie in einem *James-Bond*-Film«, bemerkte sie, nachdem sie auf dem großen weißen Schiff begrüßt worden waren. Ein Mann in einer Uniform hatte sie an Bord geführt und brachte sie nun vom Deck durch einige Türen aus Teakholz hindurch runter in den Wohnbereich. Jen staunte. Der Raum schien fast so groß zu sein wie ihr gesamtes Apartment – aber viel luxuriöser eingerichtet.

»Die Jacht besitze ich vorwiegend, um Kunden zu beeindrucken.«

In dem kombinierten Wohn- und Essbereich standen weißbezogene Stühle und ein runder Glastisch mit einem Bouquet aus gelben Rosen in der Mitte. Sie könnte ebenso gut ein stinkvornehmes Penthouse betreten haben – abgesehen von der Tatsache, dass hier alles, bis auf die Blumen, fest eingebaut war.

Im Essbereich befand sich ein runder Tisch mit einer Damasttischdecke, der für zwei Personen gedeckt war. Eine einzelne gelbe Rose stand in einer Kristallvase. Der gesamte Abend erschien Jen allmählich wie ein fantastischer Traum. Ein uniformierter Kellner servierte das Menü mit einem anderen Wein zu jedem der vier Gänge. Aus Lautsprechern, die irgendwo versteckt eingebaut waren, drang sanfte klassische Musik an Jens Ohr. Und nur das sachte Schaukeln erinnerte sie daran, dass sie auf einem Boot waren.

Das Essen schmeckte sie kaum, die Weine konnte sie nur schwer unterscheiden. Und wer wusste schon, welche Musik im Hintergrund lief?

Nur eins wusste sie: An diesem Abend war alles anders. Sie wurde auf die opulenteste, »Unfassbar-reicher-Tycoon-wirbt-um-Frau-aus-einfachen-Verhältnissen«-Art verführt.

Eigentlich hätte sie mit den Augen rollen und bei seinem so offensichtlichen Versuch, sie zu umwerben, anfangen sollen zu würgen – doch es war so rührend, dass sie ihn umarmen wollte.

Sie genoss jede Sekunde dieser Romanze auf hoher See. Sie sprachen über das Geschäft und über das Ballett. Aber die eigentliche Unterhaltung fand woanders statt: Es waren die glühenden Blicke, die sie einander zuwarfen, und die Vertrautheit ihrer Körpersprache. Jen kannte sich mit der Körpersprache sehr gut aus, denn es war unglaublich nützlich fürs Geschäft. Als sie sich also dabei ertappte, wie sie ihr Haar zurückwarf, war sie sich durchaus bewusst, dass sie ihm damit signalisierte: *Ich will dich.*

Und als er sie mit seiner Gabel fütterte, war ihr klar, dass sie das älteste Balzritual vollzogen, das die Menschheit kannte. Sie hätte beinahe vergessen, dass sie auf einem Boot war, wenn sie nicht das leise Brummen des Motors gehört und die sachte Dünung unter ihnen wahrgenommen hätte.

»Ich hätte letzte Nacht sagen sollen ... Was ich sagen wollte, war, dass ich nicht möchte, dass du schon so früh abreist.«

Über den Tisch hinweg ergriff er ihre Hand, und ihr Herz begann zu rasen, als hätte er irgendeinen geheimen Schalter umgelegt. Die Bedienung brachte ein Dessert mit weißer Schaumhaube und stellte es vor sie auf den Tisch. Cam ließ ihre Hand nicht los, und sie machte auch keine Anstalten, sie ihm zu entziehen.

»Warum?«, fragte sie sanft. Sie hoffte, dass er eine Antwort für sie beide hatte – denn sie war es leid, sich hin- und hergerissen zu fühlen.

»Weil da etwas ist. Wenn ich dich berühre, ist es ... ach, verdammt. Isst du das noch?«

Sie warf einen Blick auf das Dessert, das vor ihr stand, und schüttelte den Kopf.

Er kam um den Tisch herum, und ihr Herz pochte heftig. Dann kniete er sich vor sie, so dass sie auf gleicher Augenhöhe waren. Sanft legte er seine Hand an ihre Wange, und sie spürte die Wärme seiner rauhen Finger auf ihrer Haut. »Da ist etwas ganz Besonderes, wenn ich dich berühre«, sagte er leise. Er beugte sich vor und küsste sie.

Oh, sie war schon von ihm geküsst worden, als er versucht hatte, sie in sein Bett zu locken, als er sie mit Willensstärke und körperlicher Begierde allein hatte verführen wollen – doch sie war noch nie von ihm geküsst worden, als er ihr gesagt hatte, sie sei etwas Besonderes.

Und er hatte verdammt noch mal recht. Irgendwie waren sie miteinander verbunden.

Er bedrängte sie nicht, küsste sie nicht wild, sondern reizte sie nur ein wenig mit seiner Zungenspitze. Mit seinen Händen strich er ganz zart über ihre nackten Schultern und die Arme, statt sie zu packen und zu versuchen, sie zu beherrschen. Unter ihrem Neckholder-Kleid trug sie keinen BH. Doch sosehr sie sich auch danach sehnte, dass er ihre Brüste streichelte – er tat es nicht. Zärtlich fuhr er über ihre Arme und ergriff ihre Hände. Dann sah er sie an. Und in seinen Augen stand die Frage, die er nicht aussprechen musste.

Es war an der Zeit, eine Entscheidung zu treffen.

Wenn sie nach Hause wollte, würde er sie heimbringen.

Wenn sie mit ihm schlafen wollte, gab es bestimmt – da war sie sich sicher – ein absurd luxuriöses Schlafzimmer auf der Jacht.

Da er sie ohne Worte gefragt hatte, antwortete sie

ihm ebenso wortlos. Sie beugte sich nur vor und erwiderte seinen Kuss. Langsam erhob sie sich und zog ihn mit sich.

Noch immer schweigend wandten sie sich um, und er führte sie in die hintere Kabine.

Wenn sie nicht so angespannt gewesen wäre, hätte sie bestimmt gelacht, als er die Tür öffnete. Die gesamte Kabine war praktisch ein einziges Bett. Eine Art Betthaupt, mit grauschwarz gemustertem Stoff bespannt, der zum Bettzeug passte, rahmte drei Seiten des eingebauten Bettes. Man konnte hier vermutlich einen Taifun überstehen, ohne sich auch nur eine Schramme zu holen. Oder genauso sicher ein paar ausgefallene Sexpraktiken ausprobieren.

Während er sie am liebsten direkt mit sich ins Bett gezogen hätte, entschuldigte sie sich und schlüpfte in das angrenzende Badezimmer. Oder die Bordtoilette, wie sie seemännisch korrekt hätte sagen müssen.

Als sie in der kleinen Kabine stand, sah sie sich genau im Spiegel an. Sie wusste, dass das, was sie vorhatte, ihr Leben, ihr Schicksal verändern würde.

Denn sie konnte nicht mit Cam schlafen und dann Mark heiraten. Sie hatte keine Ahnung, was

es war – aber dies war mit Sicherheit keine letzte flüchtige Affäre, bevor sie sesshaft wurde.
Ein Gefühl der Trauer schnürte ihr die Kehle zu, als sie versuchte, den Verlobungsring von ihrem Finger zu ziehen. Er weigerte sich hartnäckig – vermutlich, weil ihre Finger durch die Hitze ein bisschen angeschwollen waren. Es traf sie, als sie über die Bedeutung eines Verlobungsringes nachdachte, der sich nicht ablegen lassen wollte.
Sie seifte ihren Finger ein und hielt ihn unter warmes Wasser, bis der Ring schließlich nach einigem Drehen und Zerren herunterrutschte. Aber der Ring hatte sich tapfer gewehrt und einen roten Abdruck am Finger und vermutlich einen gequetschten Knöchel hinterlassen. Sie mochte nicht einmal darüber nachdenken, welche Wunden Mark davontragen würde – doch sie klammerte sich an den zweifelhaften Trost, dass er ohne sie vermutlich besser dran war. Behutsam wischte sie den Ring trocken und schlug ihn in ein Papiertaschentuch ein, das sie in ihre Handtasche legte. Sie würde Mark den Ring zurückgeben.
Mit der Hand, an der nun kein Ring mehr funkelte, fuhr sie sich über den Bauch, atmete noch einmal tief durch und öffnete die Tür.
In dem Moment, als sie Cams Blick auffing, wuss-

te sie, dass er sich gefragt hatte, ob sie eventuell ihre Meinung geändert hatte. Als er nun so vor ihr stand, war er nicht der toughe Kerl, sondern der liebenswürdige Teddybär, den sie von Zeit zu Zeit in ihm erkannte. Der Mann, der so verletzlich war und ein so großes Herz besaß. In diesem Moment sah sie, wie er seine Begierde hinter einem fragenden Blick verbarg. Aber ihr konnte er nichts vormachen.

Er hatte sein Jackett und seinen Schlips ausgezogen und sein Hemd aufgeknöpft. Weiter war er nicht gegangen – vermutlich falls sie es sich doch noch anders überlegte.

Sie erhaschte einen Blick auf seinen verlockenden, sonnengebräunten Bauch, als Cam sich zu ihr umdrehte und sein Hemd dabei leicht verrutschte. Sie lief auf das Gesicht zu, das sie mit der markanten, verwegenen Nase, mit den sehnsuchtsvollen Augen, dem unrasierten Kinn, dem sanften, warmen Mund so sehr faszinierte und anzog. Sie lief ihm direkt in die Arme, die er ihr entgegenstreckte, legte ihren Kopf an seine Schulter und hielt diesen Mann einen Augenblick lang einfach nur fest.

Es fühlte sich seltsam an, ausgerechnet bei ihm Trost zu suchen, nachdem sie gerade die Entscheidung getroffen hatte, die Verlobung mit einem

anderen Mann zu lösen. Doch in diesem Moment brauchte sie nur die Wärme einer Umarmung.
Er schien sie zu verstehen, und als sie ihre Arme um ihn schlang und ihren Kopf unter sein Kinn legte, zog er sie wortlos an sich und hielt sie.
Sie schmiegte sich an ihn. Entweder würde sie für immer einfach so in seinen Armen bleiben. Oder sie würde – nachdem sie nun endgültig und unwiderruflich eine Entscheidung getroffen hatte – der Anziehung nachgeben, die sie von Beginn an füreinander empfunden hatten.
Schluss mit Ernst und Vernunft – jetzt war es an der Zeit, Spaß zu haben und zu leben.
Als ihr das Wort »Spaß« durch den Kopf ging, fielen ihr wieder die vielen Gelegenheiten ein, bei denen Cameron ihr vorgeworfen hatte, sie wüsste nicht, wie man Spaß hätte, würde keinen Spaß verstehen, Spaß nicht mal erkennen, wenn der ihr in den Hintern beißen würde …
Tja, vielleicht war es an der Zeit, diesem Mann zu zeigen, dass man mit ihr genauso viel Spaß haben konnte wie mit der erstbesten jungen, gesunden und sexhungrigen Frau.
Und wenn es einen Ort gab, der für Spaß und Spielchen wie geschaffen war, so war es ein schwimmendes Schlafzimmer, das nur aus einem Bett und

gepolsterten Wänden bestand. Cams Jacht war nichts anderes als ein Laufstall für Erwachsene.

Sie machte einen Schritt zurück, um etwas Platz zu haben.

»Was ist los?«, fragte Cam.

Das war das Problem an Männern, die glaubten, man wüsste nicht, wie man sich amüsierte. Sobald man etwas Unvorhergesehenes tat, dachten sie gleich, dass etwas nicht stimmte. Es war höchste Zeit, Mr. Cameron »zu sexy für diese Welt« Crane zu zeigen, dass mit ihr alles in absolut bester Ordnung war.

Sie fühlte sich fantastisch. Frei und sexy. Und sie wollte so viel Spaß haben, wie eine Frau nur haben konnte, die drauf und dran war, mit ihrem Geschäftspartner zu schlafen.

Okay, vergiss die Worte *Klient* und *Geschäft*, mahnte sie sich selbst. Das waren nicht unbedingt Wörter, die für ausgelassenes Vergnügen standen.

Nein. Und sie würde Cam so viel Spaß bereiten, dass er es nicht mehr wagen würde, ihr vorzuwerfen, sie hätte kein Temperament.

»Hast du Musik?«

»Du willst Musik hören?«, fragte er halb panisch, halb verwirrt.

»Ja.« Es war schwierig, nicht zu grinsen, doch er

hatte keine Ahnung, was er entfesselt hatte. Der Spaß strömte nur so durch ihre Adern – gut, es waren vielleicht auch Lust und die Vorfreude auf den Sex. Sie konnte ihre Empfindungen nicht mehr auseinanderhalten.

»Okay.« Er wirkte ein bisschen enttäuscht, aber spielte mit, ging zu einem Einbauschrank und öffnete ihn. Darin befanden sich eine Hi-Fi-Anlage und eine nette kleine CD-Sammlung. »Worauf hast du Lust?«

Sie trat zu ihm und schob ihn sanft zur Seite. »Setz dich aufs Bett. Ich suche mir etwas raus.«

»Wirst du denn zu mir kommen?« Er klang so vollkommen verunsichert, dass sie ihn küssen und ihm versichern wollte, dass alles gut werden würde. Aber es ihm zu sagen, war zu leicht. Sie wollte es ihm zeigen.

»Ja«, triumphierte sie, als sie eine CD fand, die sie in seiner Sammlung nicht vermutet hätte. Es war fast zu perfekt. Sie wollte einen energiegeladenen Song mit stetigem Rhythmus. Und hier fand sie David Lee Roths Version von *California Girls*.

»In einer Minute«, sagte sie und bedeutete ihm mit ihrer Hand, sich gegen das gepolsterte Betthaupt zu lehnen. Er wirkte ein bisschen verdutzt, war halbnackt und sah unfassbar sexy aus.

»Habe ich dir eigentlich je erzählt, dass ich mal getanzt habe?«
»Nein.«
»Zehn Jahre lang, Jazz und Ballett. Ich zeige es dir.«
»Du willst tanzen? Jetzt?«
»Ja. Das macht Spaß.« Er hatte keine Ahnung, *wie viel* Spaß es machen würde. Sie stellte die CD an und trat ans Fußende des Bettes. Dann legte sie ihren Kopf in den Nacken, schloss die Augen und ließ ihrer Sinnlichkeit freien Lauf.
Ihr fiel auf, dass sie schon sehr lange nicht mehr getanzt hatte. Als sie sich damals für ihre Karriere entschieden hatte, war das Tanzen in den Hintergrund getreten. Doch die Begeisterung und der Funke waren noch immer spürbar. Die Art, wie ihre Muskeln und ihr Körper auf den Rhythmus reagierten … o ja, das alles war noch da. Erstaunlich.
Sie hatte vergessen, wie gern sie getanzt hatte.
Okay, vielleicht hatte er ein klitzekleines bisschen recht gehabt, als er behauptet hatte, sie wüsste nicht, wie man Spaß hat. Aber früher *hatte* sie es gewusst, und sie war sich sicher, dass es ihr wieder einfallen würde.
Jetzt war der Moment, um diese Theorie zu überprüfen. Der Musik lauschen – das war alles, was

sie tun musste. Zuhören und sich bewegen. Und Spaß haben!

Als er den Song hörte, den sie ausgewählt hatte, begann er zu lachen. Und als sie anfing, sich im Rhythmus zu bewegen, erstarb sein Lachen genauso schnell wieder. Sie war ein wenig eingerostet, aber sie hatte sich nie zuvor so sehr im Einklang mit ihrem Körper gefühlt. Falls ihre Bewegungen etwas holprig wirken sollten, konnte sie immer noch den Wellengang dafür verantwortlich machen.

Die Musik umgab sie, funky und rockig, schnell und sehr eingängig. Sie fragte sich, ob sie es schaffen oder ob sie es vermasseln würde.

Und sie entschied sich, dass sie damit fertig werden würde, sollte sie es tatsächlich vermasseln. Denn darum ging es doch, wenn man Spaß hatte und sich total gehen ließ: um das Unerwartete. Die Überraschung. Um den Nervenkitzel. Darum, sich lebendig zu fühlen und verrückt nach einem Typen zu sein, den sie kaum kannte und mit dem zusammen sie auf seinem Boot inmitten eines der weltgrößten Häfen vor Anker lag.

Der Mann brachte jede Faser ihres Körpers zum Schwingen. Sie drehte sich, sprang hoch. Einen Moment lang posierte sie, ein Bein ausgestreckt,

den Kopf im Nacken und die Arme zurückgeworfen. Ihren Schal hielt sie dabei über sich ausgebreitet.
Und sie stellte fest, dass sie längst nicht mehr so beweglich war wie mit achtzehn.
Andererseits würde Cam nicht über ihre Beweglichkeit oder Gelenkigkeit urteilen. Alles, was zählte, war eine geschickte Präsentation. Und je mehr sie zeigte, desto weniger würde ihm auffallen, dass die Glanzzeit ihres tänzerischen Könnens bereits ein Jahrzehnt zurücklag. Sie kombinierte einige Schritte aus der Tanzschule, an die sie sich noch vage erinnerte, mit einigen Bewegungsabläufen, die sie über die Jahre bei Stripperinnen beobachtet hatte – bis sie irgendwann bemerkte, dass sie nur noch zwei Schritte von einem gezerrten Rücken, totaler Unbeweglichkeit und Physiotherapie entfernt war.
Es war Zeit für Plan B.
Mit aller Kraft vollführte sie einen letzten Sprung, wandte sich dann mit dem Rücken zu Cam und gab den guten alten *Bump and Grind* zum Besten, wobei sie ihre Hüften wild kreisen ließ. Während sie aufreizend ihr Po bewegte, legte sie die Hände in den Nacken und spielte mit der Schleife, die ihr Kleid zusammenhielt.

Hinter sich vernahm sie kein Geräusch – außer David Lee Roth, der sie an die alten Zeiten und ihre Wurzeln erinnerte. Verdammt noch mal, sie kam immerhin aus dem Sonnenstaat Amerikas – was war nur mit ihr los?

Sie fühlte Cams Blick in ihrem Rücken, als würde er sie durchbohren. Und ihr wurde heiß.

Mit einer schwungvollen Bewegung löste sie die Schleife, fühlte, wie sie aufging, wie der seidige Stoff über ihren Körper glitt und ihr eine Gänsehaut bereitete.

Sie hielt das Kleid mit einer Hand fest, drehte sich im Takt der Musik um und tanzte weiter, auch wenn sie kurz ins Stocken geriet, als sie Cams Blick auffing und daraufhin beinahe ihre Zunge verschluckt hätte.

Wenn sie sich gefragt hatte, ob ihr Jazz-Striptease funktionierte – er tat es.

Sein Blick schien auf ihrer Haut zu brennen. Sie spürte, wie die Hitze sich von Kopf bis Fuß ausbreitete. Keiner von ihnen konnte es noch länger aushalten. Sie wollten einander zu sehr, hatten ihre Empfindungen zu lange verleugnet.

»I wish they all could be California Girls«, schmetterte David Lee Roth. Sie hob die Arme, wiegte sich im Rhythmus der Musik, während das sei-

dene Kleid schließlich mit einem Rascheln an ihr hinabglitt und ihre Brüste freigab, die im Takt hüpften.
Vom Bett her vernahm sie einen Laut. So klang ein Mann, der mit den Nerven am Ende war.
Dass sie ihn so in der Hand hatte, zauberte ein kleines Lächeln auf ihr Gesicht. Sie tanzte weiter. Nie zuvor hatte sie sich so machtvoll, so verführerisch, so unsagbar sexy gefühlt.
Ein Reißverschluss hielt das Kleid noch zusammen. Diesem letzten Hindernis widmete sie sich nun. Ganz langsam zog sie ihn auf, so dass sie das Gefühl hatte zu hören, wie die einzelnen Zähne des Verschlusses sich voneinander lösten. Und sie konnte sich vorstellen, dass Cam es ebenso wahrnahm.
Sie erwiderte seinen Blick. Ihr Körper bewegte sich ganz instinktiv zur Musik, denn sie hatte schon lange aufgehört, irgendwelche Schrittfolgen zu tanzen. Und dann ließ sie ihr Kleid einfach fallen. Der luftige Seidenstoff glitt an ihren nackten Beinen hinab und senkte sich beinahe seufzend auf den Boden zu ihren Füßen.
Jetzt trug sie nur noch ihre High Heels, ein hübsches pfirsichfarbenes Bikinihöschen und ihren Schal.

O ja. Der Schal.
Sie lächelte Cam zu und hatte den Eindruck, dass er ihr Lächeln erwidern wollte, aber sein Mund ihm nicht mehr gehorchte. Mit der Zungenspitze fuhr sie sich über die Lippen, warf ihr Haar zurück und bewegte weiter aufreizend ihre Hüften.
Als sie nun mit ihrem Schal spielte, verstand sie auch, warum Stripper immer mit Requisiten arbeiteten. Sie konnte scheu wirken, indem sie sich den Schal um die Schultern legte und so ihre Brüste bedeckte. Oder sie konnte frech sein und ihn wie eine Fessel um Cams Knöchel binden – unerwartet, um Cam zu überraschen, ihn auf die Spitze zu treiben –, bevor sie ihn wieder abnahm und ihn wie eine Federboa um ihren Hals legte.
»Du machst mich fertig«, brachte er schließlich hervor.
»Findest du immer noch, dass ich nicht weiß, wie man sich amüsiert?«
»Ich kann nicht glauben, dass ich das jemals gedacht habe.«
»Denkst du es jetzt?«
Er schüttelte den Kopf, ruhig und bestimmt.
»Gut.« Sie belohnte seine vernünftige Antwort damit, dass sie aus ihrem Höschen schlüpfte – langsam und sich noch immer im Rhythmus der

Musik wiegend und den Bewegungen des Bootes folgend.

Noch nie hatte sie darüber nachgedacht, wie man sich als Stripperin fühlte, doch jetzt hatte sie eine Ahnung, wie es sein musste. Sie spürte eine elementare Kraft, eine Macht. Die Macht, die einen Mann in die Knie zwang und es ihm unmöglich machte, die Augen von einem zu wenden.

Sie wusste, wie sich Macht im Geschäftsleben anfühlte, und sie kannte die Macht, die eine junge Frau von Natur aus besaß. Doch das hier war eine neue, eine berauschende Erfahrung. Das hier war sexuelle Macht.

Sie bemerkte, dass er die Hände neben seinen Beinen zu Fäusten ballte und dass er sie so sehr wollte, dass es seiner ganzen Willensstärke bedurfte, um nicht in das Geschehen einzugreifen. Und sie liebte ihn für seinen Kampf.

Aber genug war genug. Denn auch ihre eigene Lust wuchs unaufhaltsam. Sie stellte einen Fuß auf das Bett, warf ihren Schal wie ein Lasso aus, erwischte ihren Mann damit und zog ihn zu sich heran.

Sie spürte die Hitze, die von ihm ausging, nahm das Verlangen in seinem Blick wahr, das Lodern. Dann schloss sie die Augen und küsste ihn. Sie fühlte das Knistern zwischen ihnen. Noch näher

schmiegte sie sich an ihn und zog auch das andere Bein aufs Bett. Sie war bereit, ihn mit der Anmut einer Tänzerin zu verführen.
Plötzlich geriet das Boot ins Wanken. Ob es ins Kielwasser eines anderen Bootes gelangt, gegen den Kai gestoßen oder auf eine Sandbank gelaufen war – sie wusste es nicht, und eigentlich war es ihr auch egal. Etwas unbeholfen fiel sie auf Cam.
So viel zum Thema »lässig« und »neckisch«.
Nackt und schwer atmend, wie eine sexuell verzweifelte Frau, lag sie auf ihm und sah ihn an. Oh, zur Hölle mit ihrer Schüchternheit und allen Hemmungen, entschied sie und machte sich über ihn her.
Sie zerrte an seinen Klamotten, und er half ihr. Sie küssten sich, während sie mit den Ärmeln, dem Gürtel, den Socken und seinen Boxershorts mit Flaggenmuster kämpften. Später würde sie ihn wegen dieser Shorts ganz sicher noch aufziehen, so viel stand fest. Aber im Augenblick wollte sie nur, dass er sie auszog.
Er machte einen versteckten Schrank auf und holte eine Packung mit Kondomen heraus. Während er sich eines der Kondome überstreifte, wartete sie – halb ungeduldig, halb bereit, es sich doch noch anders zu überlegen. Für sie war das, was

sie nun tun würde, entscheidend. Wenn er in sie drang, wäre nichts mehr so wie zuvor …
Doch in den letzten Wochen war ihr aufgegangen, dass sie vielleicht einen falschen Weg eingeschlagen hatte. Erstaunlicherweise hatte sie hier, am anderen Ende der Welt, erkannt, dass sie nicht der Mensch war, für den sie sich selbst gehalten hatte, und dass der Mann, den sie zu heiraten gedachte, der Falsche war.
Als Cam sich schließlich zwischen ihre Beine legte, traf sie die Erkenntnis, dass er möglicherweise der richtige Mann für sie war. Sie erschauerte.
Cam nahm sie nicht schnell und ungestüm, wie sie es vermutet hatte. Stattdessen küsste er sie sanft und sah ihr tief in die Augen.
Ganz langsam drang er in sie ein, und trotz ihrer heftigen Erregung spürte sie das emotionale Band zwischen ihnen. Sie hatte ihn tough erlebt, hatte ihn verletzlich gesehen, und in dieser besonderen Nacht lernte sie seine zärtliche Seite kennen. Unter ihren Händen spürte sie das Spiel seiner Muskeln wie die Dünung unter dem Schiffsrumpf. Es dauerte nicht lang, bis sie einen gemeinsamen Rhythmus gefunden hatten. Nicht zu schnell, nicht zu langsam. Er bewegte sich in ihr, und mit jedem Atemzug erfüllte er sie tiefer und steigerte ihre Lust.

Es war so leicht, so süß, dass sie von einer Welle der Leidenschaft einfach davongetragen wurde. Sie merkte nicht einmal, dass sie kurz davorstand, ihren Höhepunkt zu erreichen.
Wie im Rausch umschlang sie ihn mit ihren Armen, zog ihn noch näher an sich, wollte ihn, gab ihm alles, liebte ihn. Er stöhnte rauh auf, drang ein letztes Mal tief in sie ein und erschauerte. Jen hielt ihn fest, und gemeinsam kosteten sie das beglückende Hochgefühl bis zuletzt aus.
Noch immer fanden sie keine Worte, brauchten sie auch nicht. Sie küssten sich bedächtig, tief, und ihr wurde bewusst, dass alles erst begonnen hatte.
»Hast du es eilig, nach Hause zu kommen?«, fragte er sie.
Sie wusste, dass er sein Haus meinte, doch ihr wurde mit einem Mal klar, dass sie es auch nicht eilig hatte, nach San Francisco zurückzukehren und den interessantesten Mann zurückzulassen, den sie je kennengelernt hatte. Er war noch immer in ihr, als würde er genau dorthin gehören. Und in diesem Moment wusste sie, dass es so war: Er gehörte zu ihr.
Sie liebte ihn. Bei dieser Vorstellung musste sie einige Male blinzeln und legte ihren Kopf in seine

Halsbeuge. »Nein«, erwiderte sie und küsste seine warme Haut. »Ich habe es nicht eilig.«
»Dann bleiben wir über Nacht.«
»Gut.« Diese Nacht würde nicht lang genug dauern können.
Irgendwann einmal würde der Morgen kommen, und sie würde sich der Tatsache stellen müssen, dass sie sich in einen Mann verliebt hatte, der ihr in allen Bereichen fremd war.
Doch darüber, entschied sie und schlang die Arme um ihren neuen Liebhaber, würde sie nachdenken, wenn der Morgen graute.

10. Kapitel

»Das ist er!«

Jen ergriff Cams Arm und starrte den Mann an, der den Empfangsbereich von *Crane* betreten hatte. Sie traute ihren Augen kaum.

Nein. Dieser Mann ging nicht einfach. »Schlendern« traf es vielleicht eher, aber auch nicht wirklich. Er hatte den lässig federnden, selbstsicheren Gang eines Sportlers, und die lockere Bewegung seiner Hüften beim Gehen versprach geballte sexuelle Kraft.

Jen nahm an, dass er über eins neunzig groß war. Sein Hemd, das ein Stück weit offen stand, gab den Blick auf seine bronzefarbene Haut und sein Brusthaar frei. Er trug Jeans und eines dieser für Roadies oder Cowboys typischen Karohemden. Sein Haar war braun und wie von der Sonne geküsst. Seine Haut war wettergegerbt und sein Lächeln jungenhaft und wissend zugleich.

»Ich muss ihn haben«, sagte sie, als ihr Herz wieder angefangen hatte zu schlagen.
»Du hattest doch gerade erst mich«, erwiderte Cam leicht gekränkt.
Sie lächelte ihn an und dachte, dass der morgendliche Sex vor der Arbeit möglicherweise ihre Kreativität angefacht hatte. Sie sprühte nur so vor neuen Ideen. »Keine Sorge. Ich will nicht mit ihm schlafen. Dazu habe ich gar nicht mehr die Kraft.« Da ihre gemeinsame Zeit allmählich ablief, verbrachten sie und Cam jede freie Sekunde zusammen – am liebsten nackt. Sie schienen nicht genug voneinander zu bekommen. Zwar hatte er nicht noch einmal vorgeschlagen, ihre Rückreise zu verschieben, aber sie wusste, dass es ihnen beiden durch den Kopf ging. Nie zuvor war sie so glücklich gewesen. Oder so ängstlich. Würde sie für diesen Mann alles aufgeben – von ihrer Staatsbürgerschaft bis hin zu ihrem Job?
Würde er sie jemals darum bitten?
Sie wollte Cam küssen, doch da es hier, in der Firma, unangemessen war, drückte sie nur kurz seinen Arm. »Ich sehe dich später.«
Dann wandte sie sich wieder dem Adonis zu und war erfreut zu sehen, dass er ihr genauso perfekt erschien wie noch vor zwanzig Sekunden. Er sah

sich stirnrunzelnd um und wirkte so, als wäre er an der falschen Adresse. Die Vorstellung, dass er einfach gehen könnte, brachte Jen dazu, durchs Foyer zu rennen, um ihn aufzuhalten, bevor er wieder verschwinden konnte.

»Hallo«, sagte sie, als sie vor ihm stand, streckte die Hand aus und schenkte ihm ein warmherziges Lächeln. »Ich bin Jennifer Talbot.«

»Steve Jackson«, erwiderte er und schüttelte ihre Hand. Sein Lächeln kann vermutlich Schokolade zum Schmelzen bringen, dachte sie. Fester, männlicher Händedruck. Die leicht rauhe Hand fühlte sich angenehm an. Von nahem sah er genauso perfekt aus wie aus sechs Metern Entfernung. Vielleicht sah er sogar noch besser aus, denn jetzt erst konnte sie erkennen, dass seine Augen von einem erstaunlichen Graugrün waren, dass er ein angeborenes Selbstvertrauen verströmte und dass seine Stimme unglaublich war. Sie klang tief und voll, aber auch interessiert und aufgeschlossen. Wenn sie sich nicht bald setzte, fürchtete sie, in Ohnmacht zu fallen.

»Sind Sie gekommen, um mich zu treffen?«, fragte sie. Eine der Agenturen musste ihn geschickt haben. Welche Agentur es auch gewesen sein mochte – sie würde zusätzlich zu dem vereinbar-

ten Honorar noch einen fetten Bonus einstreichen können.
»Ich denke schon«, entgegnete er. »Ich bin wegen des Jobs hier.«
»Wunderbar.«
Er folgte ihr, als sie zu ihrem Büro ging.
»Haben Sie Ihre Mappe dabei?«, erkundigte sie sich, als sie in ihrem Büro Platz genommen hatten. Sie konnte es nicht abwarten zu sehen, wie er auf Fotos wirkte.
»Eine Mappe? Sie meinen so etwas wie einen Lebenslauf? Daran habe ich nicht gedacht. Tut mir leid.«
Also gut, dann eben keine Mappe. Damit konnte sie leben. Irgendwie ahnte sie, dass die Kamera ihn lieben würde, so ideal, wie er ihr erschien. »Haben Sie Fernseh- oder Filmerfahrung?«
»Fernsehen?« Sogar wenn er fragend die Stirn runzelte, sah er noch umwerfend aus. »Ich bin Stahlbauer. Gerade fertig geworden mit dem Bau einer Brücke.«
»Aber Sie sind doch wegen des Jobs gekommen, oder?«, fragte sie voller Bestürzung. Er war genau das, wonach sie gesucht hatte. Perfekt. Der Sprecher für *Crane*.
»Sicher bin ich wegen des Jobs hier. Ich habe die

nächsten paar Monate keinen Auftrag, und deshalb bin ich hier, um mich für den Aushilfsjob in der Verpackungsabteilung zu bewerben. Die Anzeige stand in der Zeitung.«

Er hatte also einen Job abgeschlossen und mehrere Wochen Zeit zu überbrücken, bis der nächste anfing. Das war alles, was sie wissen musste. Sie lächelte und öffnete die Schublade, in der ihre Digitalkamera lag.

»Ich möchte das Bewerbungsgespräch gern für einen anderen Job führen. Etwas, das für Sie sicherlich aufregender ist, als Surfbretter zu verpacken.«

»Und was soll das sein?« Argwöhnisch musterte er sie und die Kamera.

»Wir suchen für die Markteinführung unserer Produkte in Kalifornien nach einem Sprecher. Sie würden das Gesicht, der Körper, die Stimme werden, die man in Nordamerika mit *Crane Surf and Boogie Boards* in Verbindung bringt. Sie würden reisen, Werbespots drehen und öffentliche Auftritte absolvieren, Reklamevideos machen und in Werbeanzeigen für Magazine erscheinen.« Während ihre Begeisterung mit jedem Wort wuchs, reagierte der Mann, der ihr gegenübersaß, verhalten. Wenn überhaupt: Eigentlich wirkte er von Minute zu Minute empörter.

»Sie suchen nach einem männlichen Model?« Aus seinem Mund klang es so, als würde sie ihn darum bitten, in einem Schwulenporno mitzuspielen.
»Nicht ganz. Mehr nach einem Sprecher für das Produkt, wobei aber auch ein bisschen schauspielerisches Talent benötigt wird. Ich würde gern ein paar Aufnahmen von Ihnen machen und eine kleine Videosequenz drehen, damit ich ein Gefühl dafür bekomme, wie Sie auf Film wirken.«
Er hielt die Hand vors Gesicht und erhob sich zu seiner ganzen stattlichen Größe. »Sorry, Lady. Aber ich bin nicht der Richtige. Ich werde lieber Surfboards verpacken. Ich finde den Weg zurück ins Foyer.«
Er ging. Eitelkeit, Ruhm und die Aussicht, etwas von der Welt zu sehen, hatten ihn nicht ködern können. Also versuchte sie es mit dem schnöden Mammon. »Wenn Sie den Job bekommen sollten, können Sie damit rechnen, mindestens fünfzigtausend Dollar zu verdienen – und das für ein paar Monate Arbeit.«
Abrupt hielt er inne und wandte sich zu ihr um. Mit großen Augen blickte er sie an. »Fünfzig Riesen? Dafür, dass ich ein paar Monate lang mit einem Surfbrett unterm Arm durch die Gegend spaziere?«

»Mindestens fünfzig. Vermutlich mehr. Natürlich reisen Sie auf unsere Kosten. Und habe ich erwähnt, dass wir in US-Dollar zahlen?« Dank des günstigen Wechselkurses war das noch ein zusätzlicher Bonus.

»Fünfzig Riesen.« Nachdenklich rieb er sich den Nacken. Gott sei Dank war er gegen die Verlockungen des schnöden Mammons nicht immun.

Sie hob die Kamera. »Darf ich ein paar Aufnahmen machen?«

»Sie sagten doch US-Dollar?«

»Das sagte ich.«

Er schenkte ihr ein Lächeln, das – da war sie sich sicher – Frauen auf der ganzen Welt dazu bringen würde, mit dem Surfen anzufangen, weil er so sexy war. Und sie würde darauf wetten, dass Männer die Produkte, die er unterstützte, kaufen würden, weil er so verdammt männlich war. Wenn ihr Gefühl sie nicht trog, war er für *Crane* der wahr gewordene Traum.

»Machen Sie Ihre Aufnahmen«, sagte er.

»Oh, er ist *perfekt*«, schwärmte Jen. Sie blätterte durch die Fotos des aufgeblasen aussehenden Kerls, dem sie am Morgen hinterhergerannt und dabei fast über ihre eigenen Füße gestolpert war.

»Perfekt für was?« Cam war nicht sonderlich begeistert, sich die Bilder eines anderen Mannes ansehen zu müssen, die ihm die Frau, die jetzt seine Geliebte war, unter die Nase hielt.

»Als Sprecher!«, entgegnete sie, als wäre er unglaublich begriffsstutzig. »Für die Markteinführung in Kalifornien. Er ist genau der Richtige und einfach ideal. Und er ist wahnsinnig gut gebaut.« Sie suchte, bis sie ein Bild gefunden hatte, auf dem der Typ ohne Hemd zu sehen war und dabei nicht gerade glücklich dreinblickte. Wer konnte ihm das verübeln? Im Hintergrund war Jens Büro zu erkennen. Sie hatte das Talent, Männer zu den unmöglichsten Dingen zu überreden.

»Er wirkt wie ein verwegener, wilder Surfer, ein Mann, der den höchsten Wellen trotzt und triumphiert. Tough, männlich, aber etwas in seinen Augen sagt, dass er bei Frauen schwach wird.« Sie seufzte. »Sogar seine Stimme ist toll. Tief und sexy. Und der Akzent ist nicht so stark, dass man nicht mehr verstehen würde, was er sagt. Wie ich schon sagte: Er ist perfekt.«

»Wenn er so perfekt ist, warum habe ich ihn dann noch nicht in einem Film oder im Fernsehen gesehen? Oder in einer Werbeanzeige für irgend so ein Eau de Cologne für Männer?«

Sie sah ihn an, und das Funkeln ihrer Augen verstärkte sich noch. »Das macht ihn noch perfekter. Er ist kein Schauspieler. Er ist ein vorübergehend arbeitsloser Stahlbauer. Eigentlich wollte er sich hier um eine Stelle in der Verpackungsabteilung bewerben.«

War sie vollkommen übergeschnappt? »Du willst, dass ich einen arbeitslosen Stahlbauer einstelle, der meine Boards bewirbt?«

»Ja. Mein Bauchgefühl trügt mich fast nie. Ich denke, dass er es schaffen kann. Sieh doch nur, wie seine Männlichkeit und sein Sex-Appeal schon auf ein paar Schnappschüssen rüberkommen.«

Aber er betrachtete nicht die Fotos. Vielmehr kniff er seine Augen ganz leicht zusammen und blickte sie argwöhnisch an. Sie behauptete, dass ihr Bauchgefühl sie fast nie trügen würde. »Definiere ›fast nie‹.«

Sie grinste ihn an. »Vertraue mir. Ich werde ihn nicht engagieren, solange wir nicht hundertprozentig sicher sind. Ich will ihn zu Lise Atwater schicken. Sie wird ihn trainieren und vorbereiten, bis er perfekt ist.«

»Du hast doch gesagt, er wäre schon perfekt.«

»Er ist perfektes Rohmaterial. Lise wird ihn zurechtstutzen und aus ihm den Inbegriff des

Crane-Mannes machen. Das hier ist ein Riesendurchbruch für uns.« Sie legte ihm die Hand auf die Schulter. Für jeden, der zufällig den Kopf durch die Tür steckte und sie sah, wirkte diese Geste beiläufig. Doch dass sie mit ihren Fingerspitzen ganz zart seinen Nacken streichelte, konnte von dort niemand erkennen. »Ich habe Lust zu feiern.«

Da er wusste, was sie mit »feiern« meinte, schob er seine unbegründete Eifersucht beiseite.

»Nur eine Frage noch«, sagte er. Sie hatte bereits die Aufnahmen zusammengesucht und war auf dem Weg zur Tür.

»Ja?« Sie wandte den Kopf um.

»Kann er surfen?«

Mit großen Augen sah sie ihn an, und ein Lächeln umspielte ihre Mundwinkel. »Ich habe keine Ahnung. Falls nicht, wird es ihm jemand beibringen müssen.«

Er konnte ein Lachen nicht unterdrücken. Diese Marketingleute würde er wohl nie verstehen. Sie schwärmte von einem Kerl als dem perfekten Sprecher für ein Produkt, von dem er möglicherweise nicht einmal wusste, wie man es benutzte.

Aber selbst wenn der arme Mistkerl nicht schwimmen konnte – mit Hilfe eines Planschbeckens würde sie es mit Sicherheit innerhalb eines Wochenendes schaffen, ihn wie einen Olympioniken aussehen zu lassen.

»Hey«, sagte er und hielt sie noch einmal auf.

Wieder drehte sie ihren Kopf zu ihm um. »Was?«

»Da wir gerade von Surfunterricht reden – deine nächste Stunde ist längst überfällig. Wie wäre es, wenn wir dieses Wochenende nach Byron fahren?«

»Das ist mein letztes Wochenende«, entgegnete sie. Er nahm das Zittern ihrer Stimme wahr, während sein Magen sich schmerzvoll zusammenzog.

»Nur, wenn du das willst«, erinnerte er sie. Sie hatten nicht mehr über die Verschiebung ihres Rückfluges gesprochen, seit sie beim ersten Mal so stocksauer reagiert und er eingesehen hatte, dass es allein ihre Entscheidung war. Es machte ihn fast wahnsinnig, aber er konnte diese sture Frau zu nichts zwingen. Er konnte allerdings versuchen, sie zu überzeugen – und seine körperlichen Überzeugungsversuche hatten sie beide verdammt noch mal an den Rand der Erschöpfung gebracht.

Ein belustigtes kleines Lächeln umspielte ihre Mundwinkel. »Okay.«

Er würde einen Weg finden, damit sie blieb. Er musste es.

11. Kapitel

Sie musste es ihm sagen.
Jen starrte auf das Telefon in ihrer Hand und atmete noch einmal tief durch, um sich zu beruhigen. Sie hatte bereits so oft tief durchgeatmet, dass sie fast schon hyperventilierte. Schließlich tippte sie Marks Nummer ein.
Es war spät am Abend. Im Haus schliefen schon alle, so dass sie sicher sein konnte, bei diesem Anruf, für den sie Ruhe brauchte, nicht gestört zu werden – dem Anruf, vor dem sie sich so sehr fürchtete.
Mark meldete sich nach dem zweiten Klingeln und zerstörte damit ihre bange Hoffnung, dass der Anrufbeantworter anspringen würde. »Hi«, sagte er und klang wie immer. »Was ist los?«
Ich schlafe mit einem anderen und bringe gleich deine Welt zum Einsturz. Sie hatte Mark dafür gemocht, dass er so geradlinig, so ehrlich und zuverläs-

sig war. Jetzt wünschte sie sich, er hätte ein paar Leichen im Keller – einen unbezahlten Strafzettel wegen Falschparkens, ein Büchereibuch, das seit zehn Jahren überfällig war, irgendetwas, das ihm helfen würde zu verstehen, dass nette Menschen einander manchmal schlimme Dinge antaten.

Sie holte Luft und sagte: »Mark, ich muss mit dir reden.« Wütend auf sich selbst stellte sie fest, dass ihre Stimme ein wenig zitterte.

»Was ist denn los?«, fragte er und klang besorgt, nicht argwöhnisch. Natürlich.

»Ich weiß nicht, wie ich dir das erklären, wo ich anfangen soll.« Sie setzte sich aufs Bett und schlang ihren freien Arm um ihren Körper.

»Fang einfach am Anfang an. Das ist normalerweise am günstigsten.«

Himmel, er versuchte, sie zu beruhigen. Er dachte vermutlich, dass irgendetwas wegen der Arbeit sie aufgeregt hatte.

»Weißt du noch, dass ich Cameron Crane nicht ausstehen konnte, als ich ihn zum ersten Mal traf?« Ihre Stimme bebte jetzt noch schlimmer als zu Beginn.

»Dieser Mistkerl. Was hat er getan? Nimm die nächste Maschine nach Hause. Wir brauchen den Auftrag nicht so dringend …«

»Nein. Nein! Das ist es nicht. Du verstehst nicht. Ich … Oh, Mark. Es tut mir so leid. Ich habe dir etwas Schreckliches angetan.«
Stille am anderen Ende der Leitung.
»Mark?«
»Was ist das für eine schreckliche Sache?« Sein Tonfall hatte sich geändert, und sie konnte mit einem Mal Misstrauen in seiner Stimme hören.
»Es ist Cameron Crane.«
»O Gott. Ihr habt eine Affäre.« Es hörte sich an, als würde er eine Schlagzeile aus der Zeitung vorlesen, von der er annahm, dass sie sie interessieren könnte.
Doch der Ausdruck »Affäre« kam ihr falsch vor und drückte nicht annähernd das aus, was sie empfand. »Nein. Ich habe keine Affäre. Also … schon irgendwie … aber es ist keine einfache Affäre. Ich liebe ihn, Mark. Ich liebe ihn wirklich. Es tut mir so leid.«
»Ich verstehe.«
Wieder herrschte Schweigen. Tränen rannen ihr über die Wangen. Eine Träne fiel auf ihr Bett, und sie beobachtete, wie sie sich als feuchter Fleck auf der Decke ausbreitete. »Ich verstehe? Ist das alles, was du dazu zu sagen hast?«
»Ich weiß nicht, was ich dazu sagen soll. Ich bin

Tausende von Kilometern von dir entfernt. Ich schlage vor, wir reden darüber, wenn du nach Hause kommst.«

»Mark, ich kann dich nicht heiraten. Ich liebe einen anderen Mann.«

»Das habe ich schon verstanden. Ja.«

»Geht's dir gut?«

»Nein. Mir geht es nicht gut. Ich bin geschockt, und im Augenblick bezweifele ich, dass wir zu einer sinnvollen Lösung kommen. Wenn du nach Hause kommst, werden wir ganz vernünftig über alles reden.«

Plötzlich hatte sie das Bedürfnis zu schreien. *Vernünftig?* Was war in der Liebe schon vernünftig? Wenn sie vernünftig wäre, würde sie Mark heiraten – Mark, der dieselbe Staatsbürgerschaft hatte wie sie, in derselben Branche arbeitete, ähnlich viel verdiente und Pläne für die Zukunft machte. Wenn sie vernünftig wäre, würde sie ihr Leben nicht für einen Mann, der in allen erdenklichen Bereichen das genaue Gegenteil von ihr war, komplett auf den Kopf stellen.

Aber sie hatte keine andere Wahl.

»Es tut mir leid«, wiederholte sie. »Ich wünschte, ich müsste das hier nicht am Telefon tun.«

»Warum tust du es dann? Du bist doch in weniger

als einer Woche wieder zu Hause.« Sie bezweifelte, dass es einen anderen Mann auf der Welt gab, der so gefasst und ruhig reagierte, obwohl er gerade abserviert wurde. Wenn sie nicht so ein emotionales Wrack gewesen wäre, hätte sie glatt lächeln müssen.

Mark hatte eine wichtige Frage gestellt. Warum hatte sie das Gefühl gehabt, auf der Stelle mit ihm sprechen zu müssen, so dass ihr nichts übrigblieb, als dieses Gespräch am Telefon zu führen?

Wenn Mark etwas wirklich verdient hatte, dann war es die Wahrheit. Sie schniefte und fuhr sich mit dem Handrücken über die Augen. »Ich habe nur noch ein paar Tage mit ihm. Ich wollte nicht, dass sie von Schuldgefühlen getrübt werden. Es tut mir leid, dass ich dir weh tun und am Telefon mit dir darüber reden musste, aber jetzt kann ich endlich offen und ehrlich sein, was meine Gefühle betrifft.«

»Du glaubst nicht wirklich, dass ein Mann mit seinem Ruf dich heiraten wird, oder?«

»Nein.« Wieder schniefte sie. »Es ging mir dabei auch gar nicht um ihn. Es ging um mich.«

Es folgte ein langer Seufzer, und zum ersten Mal hörte sie Schmerz. »Ich werde mit dir reden, wenn du nach Hause kommst.«

»Es tut mir leid, Mark«, sagte sie wieder, doch es war zu spät. Er hatte bereits aufgelegt. Ihr ehemaliger Verlobter hatte einfach aufgelegt.

Cam konnte nicht schlafen. Mit einer hastig gemurmelten Entschuldigung hatte Jen sich zurückgezogen und teilte in dieser Nacht nicht das Bett mit ihm. Und er hasste es, allein in dem großen Bett zu liegen und zu wissen, dass sie irgendwo im Haus war. Zuerst hatte er vermutet, dass sie ihre Periode bekam, aber als er sie danach gefragt hatte, hatte er nur ein abfälliges Naserümpfen von ihr geerntet.

Er starrte hinauf zur dunklen Decke und sehnte sich mit jeder Faser seines Körpers nach dieser Frau. Nicht unbedingt, um mit ihr zu schlafen – was schon überraschend genug war –, sondern um sie einfach neben sich in der Dunkelheit zu spüren. Er wollte mit ihr reden. Über nichts Besonderes, nur ein bisschen quatschen. Er wollte ihre Stimme hören. Wollte sie neben sich leben und atmen fühlen.

War sie wegen irgendetwas sauer auf ihn? Vielleicht war sie deshalb nicht hier bei ihm.

Da er kein Mensch war, der gern auf morgen verschob, was er heute erledigen konnte, erhob er sich aus seinem Bett. Er war schon an der Tür, als ihm etwas einfiel: Vermutlich fand Jen, wenn sie wirklich wütend auf ihn war, es nicht so gut, wenn er nackt in ihr Zimmer stürzte.

Also trat er zu seinem Schrank und suchte nach einem Morgenmantel. Er erinnerte sich, dass er keinen besaß, und schlüpfte hastig in Shorts und ein T-Shirt. Dann machte er sich auf den Weg, um nach seiner Frau zu suchen.

Seine bloßen Füße machten auf dem Teppich kein Geräusch, als er sich Jens Zimmer näherte. Er überlegte schon die ganze Zeit, wie er ihr gegenübertreten sollte.

Es wäre hilfreich gewesen zu wissen, warum sie eigentlich so wütend auf ihn war. Aber tatsächlich hatte er keine Ahnung, was er getan hatte. Das war allerdings nichts Neues. Schon oft hatte er Frauen verärgert und nicht gewusst, wie er das angestellt hatte.

Er wollte gerade an ihre geschlossene Tür klopfen, als er ihre Stimme hörte. In dem stillen Haus konnte er jedes einzelne Wort deutlich verstehen.

»Weißt du noch, dass ich Cameron Crane nicht ausstehen konnte, als ich ihn zum ersten Mal traf?«, hörte er sie sagen. Was, zum Teufel, hatte er getan, dass sie mitten in der Nacht am Telefon saß und sich über ihn beklagte? Und wenn sie um diese Uhrzeit telefonierte, erzählte sie gerade einem Menschen am anderen Ende der Welt, was für ein Arsch er war. Und das, ohne es ihm vorher zu sagen?

Er wollte schon ins Zimmer stürmen und eine Erklärung verlangen, als er sie sagen hörte: »Oh, Mark.« Und mit einem Mal fiel ihm auf, wie traurig sie klang. Hatte sie etwa Schuldgefühle, weil sie mit ihm schlief, während ihre bessere Hälfte zu Hause saß?

Wut und Enttäuschung erfassten Cam. Er wandte sich zum Gehen, als sie sagte: »Nein. Ich habe keine Affäre. Also … schon irgendwie … aber es ist keine einfache Affäre. Ich liebe ihn, Mark. Ich liebe ihn wirklich. Es tut mir so leid.«

Cam fühlte sich, als hätte ihn jemand mit voller Wucht in den Magen geboxt. Für einen Moment war ihm schwindelig und seine Knie drohten, unter ihm nachzugeben. Sie liebte ihn?

Ungeniert blieb er stehen, wo er war, und lauschte dem Rest des Telefongesprächs. Und er hörte, wie sie die Verlobung löste.

Weil sie ihn liebte. Ihn, Cameron Crane.

Durch seine Benommenheit stahl sich ein warmes Gefühl. Und dann trat ihm der Angstschweiß auf die Stirn, weil er wusste, dass Jennifer Talbot eine Frau war, die keine halben Sachen machte, sondern es ernst meinte.

Es war kein langes Telefonat, das hinter Jens Schlafzimmertür geführt wurde. Und als sie auflegte, war er erstaunt, dass dieser Mark sie scheinbar, ohne viel Aufhebens zu machen, einfach gehen ließ. Wenn Jen *ihn* für einen anderen Kerl verlassen würde, würde er seinen Rivalen ganz sicher mit einem Haufen gebrochener Knochen zurücklassen, bevor er sie freigab.

Sein erster Impuls war, die Tür aufzustoßen und die weinende Frau in seine Arme zu schließen. Aber ausnahmsweise hielt er inne, um einen Augenblick lang nachzudenken.

Sie liebte ihn.

Leise ließ er den Türknauf los und ging hinunter in sein Arbeitszimmer. Er wusste, dass er in dieser Nacht keinen Schlaf mehr finden würde.

Hatte er gewollt, dass sie sich in ihn verliebte?

Er konnte sich nicht daran erinnern, sich viele Gedanken darüber gemacht zu haben. Gewiss hatte er vorgehabt, sie in sein Bett zu locken – obwohl er sicher war, dass sie seine Absichten von Anfang an durchschaut und nicht seinen, sondern ihren eigenen Plan verfolgt hatte, als sie zu ihm kam.

Wenn ihn vor einigen Wochen jemand gefragt hätte, ob er sich wünschte, dass eine kluge, freche, überspannte und unglaublich attraktive Amerikanerin sich in ihn verliebte, hätte er wahrscheinlich gegrinst und gesagt: »Ja, klar.«

Jetzt war es geschehen. Seine kluge, sexy Amerikanerin hatte sich in ihn verliebt, und er konnte seinen Sieg nicht genießen. Plötzliche Angst war alles, was er zu fühlen glaubte.

Er schlüpfte in sein Büro, schloss die Tür hinter sich und schaltete seine Schreibtischlampe ein. Wenn er unruhig und verunsichert war, gab es immer Arbeit, mit der er sich ablenken konnte. Er kannte sich selbst gut genug, um zu wissen, dass er sein Selbstwertgefühl größtenteils aus seinem beruflichen Erfolg schöpfte. Die Arbeit erdete ihn und war ein sicherer Ort, um sich vor all dem zu verstecken, womit er sich nicht auseinandersetzen, dem er sich nicht stellen wollte. So wie den Geräuschen, die er hinter der Schlafzimmertür gehört hatte, oder dem Telefonat, das er belauscht hatte.

Er würde ein paar Stunden lang arbeiten. Geld verdienen. Einen noch größeren Erfolg sicherstellen und immer mehr Distanz schaffen zwischen dem Cameron Crane, dessen Name regelmäßig im Wirtschaftsteil des *Sydney Morning Herald* auftauchte, und dem Jungen, der mit sechzehn die Schule mit nichts weiter als seinem brennenden Ehrgeiz verlassen hatte. Er fasste Ziele ins Auge, erreichte sie und wandte sich dann neuen Aufgaben zu.

So hatte er es auch immer mit Frauen gehalten. Er wählte eine aus, jagte ihr nach, genoss sie und widmete sich dann der nächsten.

Sie verliebten sich nicht in ihn. Das gehörte nicht zum Spiel.

Abwesend nahm er den Griff des kleinen Kühlschranks, auf dem sein Drucker stand, öffnete die Tür und holte sich ein Bier heraus.

Der gute alte goldene Gerstensaft rann ihm wohltuend die Kehle hinunter. Cam setzte sich und griff mit der freien Hand ganz automatisch nach der nächsten Akte auf seinem Schreibtisch.

Er spuckte beinahe sein Bier aus, als er die Bilder sah, die in der Mappe zum Vorschein kamen. Vergrößerte Hochglanzbilder eines hübschen Typen starrten ihm entgegen. Jen war bei ihrem Anblick vor Begeisterung schier ausgeflippt. Es waren Bilder von dem Kerl, den sie als Sprecher für *Crane* in den USA haben wollte.

Wieder zog sich sein Magen zusammen. Doch

diesmal aus einem anderen Grund: Er war wütend und verspürte den Drang, die Nase dieses Schönlings zu demolieren. Und das nicht aus persönlichen Rachegefühlen heraus – der Mann sah aus, als wüsste er, wie man sich verteidigt, was in Cams Augen immer ein Pluspunkt war. Nein. Sein Zorn war auf Jens übersprudelnde Euphorie zurückzuführen.

Sich die Bilder anzuschauen, half nicht. Vor seinem inneren Auge sah er Jens Gesicht, hörte ihre Stimme, als sie von ihrer perfekten Wahl schwärmte.

»Eifersucht, Freundchen. Das ist es«, murmelte er, als er diese so unerwünschte wie unbekannte Empfindung endlich einordnen konnte.

Eifersüchtig. Er war eifersüchtig.

Jennifer Talbot würde bald wieder zu ihrem alten Leben am anderen Ende der Welt zurückkehren, wo der Kaffee entkoffeiniert war, wo die Footballspieler eine Schutzausrüstung trugen und wo sogar die Männer – wie ihm zu Ohren gekommen war – kosmetische Gesichtsbehandlungen bekamen.

Wenn er diesen letzten Teil des Marketingplans und ihr Angebot unterzeichnete, würde sie mit Arbeitsgruppen und anderem Unsinn fortfahren und diesen Mann, der sich bei *Crane* eigentlich um einen Job als Packer bewerben wollte, zum kalifornischen Inbegriff eines australischen Surfers machen.

Das kalte Bier konnte das unangenehme Brennen in seinem Magen nicht löschen. Er wollte nicht, dass Jen wie geplant nächste Woche abreiste. Verdammt, er war noch nicht einmal annähernd fertig mit ihr.

Aber wie sollte er sie daran hindern zu gehen?

Beschwörend trommelte er mit den Fingern auf den Ordner vor sich, als könnte der seine Wünsche erfüllen.

Er könnte sie zum Bleiben bewegen. Sie war fantastisch in ihrem Job. Er würde sie einfach überreden, die Marketingabteilung hier in Australien zu leiten.

Er klatschte in die Hände, als ihm diese Idee kam, die ihm wahnsinnig brillant erschien. Irgendjemand anders konnte den Schönling auf seine Aufgaben vorbereiten. Jennifer wurde hier für wichtigere Angelegenheiten gebraucht.

Welche wichtigeren Angelegenheiten? Hm. Das war zugegebenermaßen eine kleine Schwachstelle in seinem genialen Plan. Sein Unternehmen beherrschte bereits den Großteil des heimischen Marktes, und es existierten auch schon ein Marketing- und ein Werbeplan für die kommenden zwölf Monate – das wusste Jennifer, weil er selbst mit ihr darüber gesprochen hatte.

Auf keinen Fall würde sie ihm glauben, dass er sie in Australien brauchte. Und im Übrigen hatte sie vermutlich andere Kunden, die zu Hause ihre Dienste benötigten.

Er fuhr sich mit der Hand über den Nacken und befand, dass er sich einfach etwas Überzeugendes für sie überlegen musste. In seinem Leben hatte er schon höhere Hürden genommen – viele davon – und war niemals auf die Nase gefallen.

Eine sexy Frau mit einem komischen Akzent und eleganten Klamotten würde ihn nicht aufhalten können.

Tja, und immerhin liebte sie ihn, nicht wahr? Sie hatte es gesagt. Also würde sie jede Ausrede willkommen heißen, um bei ihm bleiben zu können – genau wie er nach Ausreden suchte, um sie zum Bleiben zu bewegen. Wenigstens so lange, bis sie genug voneinander hatten.

Und weil er jetzt einen Weg gefunden hatte, Jen dazu zu überreden, ihre Rückreise doch noch zu verschieben, war er schon sehr viel beruhigter. Allmählich wurde er müde. Er sehnte sich nach seinem Bett und danach, ihren nackten Körper an seinem zu spüren. Nicht unbedingt, um mit ihr zu schlafen, sondern einfach, um sie bei sich zu haben. Er würde die gelöste Verlobung mit keinem Wort erwähnen und einen Vorwand finden, damit sie noch länger zusammen sein konnten. Er war sich sicher, dass sie sofort einverstanden wäre. Dann, wenn die Leidenschaft nachlassen würde – was zu gegebener Zeit bestimmt passieren würde –, würden sie wieder getrennte Wege gehen. Jeweils am anderen Ende der Welt.

Er schlich die Treppe hoch und machte sich wieder auf den Weg zu ihrem Zimmer. Was er tun würde, wenn sie noch immer weinte, wusste er nicht. Er fürchtete Tränen genauso sehr wie jeder andere Mann, den er kannte. Aber er konnte sie schließlich nicht die ganze Nacht weinen lassen.

Als er jedoch vor ihrem Zimmer stand, war die Tür nur angelehnt, und kein Weinen drang an sein Ohr. Vorsichtig, um Jen nicht zu wecken, falls sie eingeschlafen war, schob er die Tür weiter auf.

Noch bevor er das Zimmer betrat, um sich genauer umzusehen, wusste er, dass sie nicht da war. Ihr Duft begrüßte ihn nicht, und auch das behagliche Gefühl ihrer Anwesenheit blieb aus. Als er schließlich zum Bett tapste, war er nicht überrascht, es leer vorzufinden.

Auch im angrenzenden Badezimmer war sie nicht.

Die Tür stand weit offen, und das Bad war verlassen.
Etwas verwundert ging er zurück in sein eigenes Zimmer. Und in dem Moment, als er den Raum betrat, fühlte er, dass sie da war. Er nahm den warmen, süßen Duft ihrer Haut wahr. Ganz ruhig und ohne ein Geräusch zu machen, lauschte er, wie sie leise und gleichmäßig im Schlaf atmete. Lächelnd entledigte er sich seiner Klamotten und kroch zu ihr ins Bett.
Sie schlief mit dem Rücken zu ihm auf der Seite, und so legte er seinen Arm um sie und schmiegte sich an sie. Irgendein kurzes seidenes Etwas bedeckte sie. Kurz entschlossen schob er seine Hand darunter und fand die zarte Wölbung ihrer Brust. Als er seinen Kopf neben sie bettete, berührte er mit seiner Nase ihr Haar, das ausgebreitet auf dem Kissen lag, und fiel schließlich in einen tiefen, traumlosen Schlaf.
Irgendwann in der Nacht seufzte sie und kuschelte sich an ihn. Das dünne Seidenhemdchen war hochgerutscht. Als er ihren nackten Po an seinem Körper spürte, war er sofort wach. Wieder bewegte sie sich, und er fragte sich, ob sie tatsächlich so unschuldig schlief, wie sie tat. Mit wachsender Erregung schmiegte er sich noch enger an sie.

Ohne ein Wort zu sagen, drängte sie sich ihrerseits an ihn, forderte ihn stumm auf, sie zu nehmen. Und ebenso leise drang er in sie ein. Er erfüllte sie, und es fühlte sich einfach richtig an. Es passte, und es stimmte.

Sie war die richtige Frau.

Während er sich in ihr bewegte, rhythmisch und ein wenig schläfrig, strich er mit seiner Hand über ihre Seite, über ihren Arm, der auf dem Kissen lag, bis er ihre Finger fand und sie umschlang.

In dem Moment wurde ihm bewusst – dem alten Cameron Crane, der sonst so schnell reagierte und Hinweise zu deuten wusste –, dass ihr Ringfinger nackt war. Sie hatte den Diamantring nicht in der letzten Nacht abgenommen. Es musste geschehen sein, bevor sie mit ihrem Kerl zu Hause Schluss gemacht hatte.

Er fühlte, wie ihre Finger ihn umschlossen, so wie ihr heißer Körper ihn umschloss. Irgendwie stand alles miteinander in Verbindung. Sie umfing ihn vollkommen und ganz und gar – selbst sein Herz.

»Dein Ring ist weg«, sagte er sanft. Seine Stimme klang schlaftrunken.

Sie nickte, und ihr Haar kitzelte sein Gesicht.

»Wann hast du ihn abgenommen?« Okay, er zeichnete sich vielleicht nicht durch Feinfühlig-

keit aus, aber es war seltsam wichtig für ihn, es jetzt zu wissen.
Sie hörte auf, sich zu bewegen, und er fragte sich, ob sie ihm überhaupt antworten würde. Schließlich sagte sie mit einer Stimme, die genauso sanft und schläfrig klang wie seine: »Vor dem ersten Mal.«
Dem ersten Mal? Welchem ersten Mal? Als sie sich zum ersten Mal gesehen hatten? Als sie sich zum ersten Mal geküsst hatten? Als sie zum ersten Mal …
»Auf dem Boot.« Ganz leise murmelte sie die Worte, doch er hatte sie genau verstanden.
Bevor sie das erste Mal miteinander geschlafen hatten.
Eine Welle der Zärtlichkeit durchströmte ihn. Stärker wurde diese Empfindung an den Stellen, wo sich ihre Haut berührte. Und am stärksten war sie dort, wo ihre beiden Körper miteinander verschmolzen. Die Zärtlichkeit schien in ihm anzusteigen, durch seinen Bauch zu strömen, der die zarte Haut ihres Rückens berührte. Das Gefühl breitete sich von seiner Brust auf sie aus. Er presste seine Lippen auf die seidige Haut zwischen ihren Schulterblättern und spürte, wie sie erschauerte. Er wusste, dass sie an dieser Stelle besonders empfindsam war, denn er hatte ihren gesamten Körper

erforscht, um diese Punkte auszumachen. Liebevoll hauchte er kleine Küsse auf ihre Haut bis hinauf zu ihrem Hals, fühlte, wie sie erzitterte, und tat dann etwas, das ihn selbst überraschte.

»Ich liebe dich«, sagte er.

12. Kapitel

Cam blinzelte, verblüfft über seine eigenen Worte. Wie hatte er die ganze Zeit über so unglaublich dumm sein können? Er liebte diese Frau.

Da sie schwieg – offensichtlich verwirrt über sein Geständnis –, redete er hektisch weiter.

»Ich habe gehört, wie du heute Abend telefoniert hast. Ich habe mitbekommen, wie du deine Verlobung gelöst hast und diesem Forsythe gesagt hast, dass du mich liebst.«

»Du hast eine private Unterhaltung belauscht?«

»Also … das wollte ich ja nicht. Ich wollte eigentlich herausfinden, warum zum Teufel du nicht in meinem Bett warst oder ich in deinem. Und dann habe ich deine Stimme gehört. Ich habe gehört, was du gesagt hast.«

Ein Moment verging. »Warum bist du nicht in mein Zimmer gekommen, als ich das Telefonat beendet hatte?«

Sie zog sich zurück, löste sich von ihm und drehte sich auf den Rücken.
Sein Gesicht kribbelte. »Du hast dir die Augen ausgeweint, Süße. Ich wollte mich nicht einmischen … Nein, das ist Mist. Ich wusste nicht, was ich hätte tun sollen, oder was ich über das dachte, was du gesagt hast, oder was ich selbst empfand. Also habe ich mich in meinem Büro verkrochen. Habe ein Bier getrunken. Und nachgedacht.«
»Und zu welchem Schluss bist du gekommen?« Sie war so sachlich. Das schätzte er sehr an ihr. Sie warf sich ihm nicht an den Hals und rief noch keinen Floristen oder Cateringservice an, um schon einmal die Hochzeit vorzubereiten – wie er, wenn er ehrlich war, insgeheim fast befürchtet hatte. Sie betrachtete die Liebe, wie sie das Geschäft betrachtete. Mit abgeklärter Distanz. Exzellent.
Oder nicht?
Er wünschte, er hätte sie in der Dunkelheit besser sehen können. Ihr Gesicht war bleich wie Nebel, ihr Körper hob sich von den weißen Laken ab wie Wolken in der Morgendämmerung.
In der Dunkelheit gelang es ihm nicht, ihre Gefühle einschätzen zu können. Aber dank ihres Tonfalls war er sich ziemlich sicher, dass sie noch immer ruhig und vernünftig war – geschäfts-

mäßig –, und so entschloss er sich, ihr einfach die Wahrheit zu sagen. »Ich wollte eigentlich kein Wort darüber verlieren, was ich gehört habe.« Er räusperte sich, bevor er fortfuhr. »Vielmehr wollte ich dich irgendwie dazu überreden zu bleiben, um an einem neuen Projekt zu arbeiten.«

»An welchem Projekt?«

»Keine Ahnung. Darüber habe ich noch nicht nachgedacht.«

»Ich verstehe.« Ein Hauch von Belustigung schwang in ihrer Stimme.

»Ja, nun … Also, da saß ich und trank ein Bier und fragte mich, warum ich mich so verdammt seltsam fühlte. Und ich entschied, dass es wohl daran lag, dass ich dich in meiner Nähe behalten wollte. Deshalb musste ich dich dazu überreden, noch zu bleiben.«

»Und wie hast du dich dann gefühlt?«

Wie sollte er dieses Gefühl von Ruhe beschreiben? Diese Gewissheit, dass so alles richtig war? »Ich fühlte mich hervorragend.«

»Hervorragend.«

»Das kannst du laut sagen!«

»Und dann?«

»Und dann bin ich die Treppe hinaufgestiegen, in dein Zimmer gegangen und …«

»Hattest du keine Angst, dass ich noch immer dort sitzen und weinen könnte?«
»Ich würde mich ja lieber einem Sack voller Schlangen stellen als einer weinenden Frau ...«, gab er zu.
»Aber du bist trotzdem gegangen?«
»Tja ... ja. Ich konnte dich doch schließlich nicht die ganze Nacht lang weinen lassen, oder?« Die Ehrlichkeit zwang ihn dazu hinzuzufügen: »Und ich habe irgendwie gehofft, dass du aufgehört hättest zu weinen und mir stattdessen zeigen wolltest, wie sehr du mich liebst.«
»Und wolltest du mir bei der Gelegenheit auch den Antrag präsentieren?«
»Antrag? Wer hat irgendetwas von einem Antrag gesagt?« Er kratzte sich an der Brust, als er über seinem Herzen ein merkwürdiges Kribbeln verspürte.
»Du selbst. Einen geschäftlichen Antrag, um mich an dich zu binden, bis du von mir die Nase voll hast.«
»Oder du von mir«, versetzte er. Recht musste schließlich Recht bleiben. Obwohl die bloße Vorstellung, dass Jen ihn verlassen könnte, bevor er mit ihr fertig war, ihn tief traf.
Und plötzlich wurde ihm klar, dass es ihn un-

beschreiblich treffen würde, wenn Jen ihn überhaupt jemals verließ.

»Allerdings. Doch heute Abend ist es mir bewusst geworden: Wir gehören zusammen. Ich liebe dich, verdammt noch mal.«

Ein leises, leicht zittriges Lachen kam aus Jens Richtung. »Du bist so romantisch.«

Er rollte sich so schnell zur Seite und legte sich auf sie, dass ihr vor lauter Überraschung ein kleiner unterdrückter Schrei entfuhr. »Du willst Romantik? Ich werde dir Romantik zeigen.« Ohne große Umschweife stürzte er sich regelrecht auf sie: Er streichelte und küsste sie so hastig und ungestüm, wie er nun einmal war und immer sein würde.

Aber das war nicht wichtig. Er konnte sich nicht länger zurückhalten, musste sie einfach von oben bis unten mit Küssen bedecken, an ihr lecken, sie streicheln, an ihr knabbern.

»Au«, quietschte sie. »Dein Bart kratzt. Bestimmt habe ich nachher überall rote Stellen!«

»Gut.« Das Bedürfnis, deutlich zu machen, dass sie *seine* Frau war, trieb ihn so stark an wie die ungeduldige Begierde, die in seinen Adern pulsierte und seinen Körper zum Leben erweckte.

»Was machst du da?« Ihre Worte klangen halb wie ein Lachen, halb wie ein leises Stöhnen.

»Ehrlich gesagt, weiß ich es nicht genau.« Er war sich nicht sicher, ob er seine Stellung erklären konnte. Seine Nase steckte in ihrem Bauchnabel – nun, so weit wie sie eben hineinpasste. Und seine Nase hatte wirklich männliche Ausmaße. Von seiner seltsamen Position aus küsste er die umliegenden Regionen ihres Bauches. Wie er bereits herausgefunden hatte, neigte Jen dazu, kitzelig zu sein.

Wenn sie jetzt etwas sagen könnte, würde sie ihm bestimmt vorwerfen, dass er nicht romantisch genug wäre. Also drückte er die Lippen auf ihren Bauch und prustete dagegen, wobei er ein furchtbares Getöse machte. Kichernd wand sie sich unter ihm und versuchte, sich wie ein Igel bei Gefahr einzurollen.

Weder ihn noch sich selbst fragte sie mehr, was er da tat, und sie war auch nicht länger die kühle Geschäftsfrau. Sie wälzte sich hin und her und lachte, knuffte ihn und wollte ihn an den Schultern von sich wegschieben. Und er hatte Schwierigkeiten, sein Spiel auf ihrem Bauch fortzusetzen, weil er selbst furchtbar lachen musste.

»Hör bitte auf!«, stieß sie atemlos hervor.

»Nur, wenn du mich heiratest!« Er musste praktisch schreien, um sich Gehör zu verschaffen.

Plötzlich herrschte Stille. Sie hatte aufgehört, sich unter seinen Lippen zu winden. Mit einem Mal war ihr Körper angespannt. Großartige Bauchmuskeln, schoss es ihm durch den Kopf. Die geborene Surferin. Statt ihres Kicherns hörte er nur noch ihr leises, hastiges Atmen.

»Was hast du gesagt?«

»Heirate mich. Ich habe dir doch gesagt, dass ich romantisch sein kann.«

»Um meine Hand anzuhalten, während du mich durchkitzelst, ist in deinen Augen also romantisch?«

»Ich bin Australier, meine Liebe. Das ist so ziemlich das Romantischste, was du von mir erwarten kannst.«

Es entstand eine lange Pause. Und obwohl der ganze Abend für ihn vollkommen verwirrend gewesen war, hatte er nicht den geringsten Zweifel, dass er das Richtige tat. Sein Körper hatte es schon lange gewusst, und er hatte eine Weile gebraucht, um es auch mit seinem Verstand zu erfassen – aber Jennifer zu heiraten, war die Antwort auf die Frage, die ihn beschäftigt hatte: Wie sollte er sie halten?

»Was ist mit deinem anderen Antrag? Dem geschäftlichen Anliegen?«

»Das war eine blöde Idee. Ich wusste es in dem Augenblick, als ich hier ins Zimmer kam.«
Da sie über seinen Vorschlag nachzudenken schien, widmete er sich wieder ihrem Körper und hauchte kleine Küsse auf ihre Haut. Sie schmeckte wie etwas, von dem er niemals genug bekommen würde, und fühlte sich so seidig an, wie die Unterwäsche, die sie gern trug.
»Was machst du jetzt?«, seufzte sie.
»Ich schmiere dir Honig um den Mund, damit du endlich ja sagst. Denkst du, dass du mir bald eine Antwort geben kannst? Ich kann die Spannung kaum noch ertragen.«
»Ich habe gerade erst meine Verlobung gelöst ...«
Ihre Muskeln spannten sich wieder an, und er spürte, wie sie sich aufrichtete, um einen Blick auf die leuchtenden Ziffern seines Radioweckers zu werfen. »Vor zwei Stunden. Und du willst, dass ich mich schon wieder neu verlobe?«
»Nein«, entgegnete er. »Ich traue dir nicht, was Verlobungen angeht. Ich will dich einfach nur heiraten.«
»Oh. Und wann?«
Er überlegte, während er mit der Zungenspitze über ihren Bauch strich. Und er konnte sich Zeit lassen, denn er war sich sicher, alle Zeit der Welt

zu haben, weil sie bis ans Ende ihrer Tage zusammenbleiben würden. »Morgen«, sagte er.
»Ich kann dich morgen nicht heiraten.«
»Warum nicht?«
»Weil ich … ich habe zu tun. Ich muss nach Hause fliegen und die Werbekampagne starten. Ich muss …«
»Was?«
»Ich muss darüber nachdenken.«
»Was gibt es da noch nachzudenken? Du weißt, dass du mich liebst. Ich habe gehört, wie du es deinem Typen gesagt hast.«
Unvermittelt schlug sie sich mit der Hand vor den Mund. »Mark. Wie konnte ich Mark nur vergessen?«
Indem du unentwegt an Cameron Crane gedacht hast. Und je früher du Mark vergisst, desto besser, wenn jemand meine Meinung wissen will.
»Ich brauche etwas Zeit, um loszulassen. Und ich muss wenigstens von Angesicht zu Angesicht mit ihm reden. Das hat er verdient.«
»Was ist mit mir?« Er klang gekränkt und machte sich auch nicht die Mühe, seine Enttäuschung zu verbergen. »Verdiene ich keine Antwort?«
»Oh, Cam.« Sie rollte zur Seite und legte sich dann auf ihn, wobei sie darauf achtete, dass ihr Körper

ihn an so vielen Stellen wie möglich berührte. »Ich liebe dich. Danke, dass du mich gebeten hast, dich zu heiraten.«
»Gern geschehen.«
»Und ich brauche Zeit, um darüber nachzudenken.«
»Was?«, stieß er hervor. Er hatte seine Entscheidung bereits getroffen, und er wollte diesen Plan so schnell es ging in die Tat umsetzen. Das war seine Art. Er konnte es nicht ertragen, wenn ein Mensch sich nicht entscheiden konnte. »Ich liebe dich. Du liebst mich. Wo ist das Problem?«
»Dass zu einer Ehe mehr gehört als nur Liebe.«
»Gut, in Ordnung. Aber unser Sex ist doch auch überwältigend.«
Sie lachte leise. »Da hast du recht. Es geht aber noch um andere Dinge. Was wird zum Beispiel aus meinem Job, meinem Apartment, meinem Abo fürs Ballett, meinen Freunden? Meiner … meiner Heimat?«
»Wer behauptet denn, dass wir ständig hier sein müssen? Durch die Markteinführung der *Crane*-Produkte in den Staaten werde ich einen großen Teil meiner Zeit dort verbringen. Wir werden dein Apartment behalten. Oder eine andere Wohnung kaufen. Es ist mir egal. Was auch immer du willst.«

Sie stöhnte auf und ließ sich zurückfallen. Er hatte genug von all dem Herumtasten im Dunkeln, streckte den Arm aus und schaltete die Nachttischlampe ein. Und als er sich wieder neben sie in die Kissen sinken ließ, fragte er sich, wie er jemals hatte glauben können, dass eine einfache Affäre mit dieser Frau ausreichen könnte.

Das sanfte Licht der Lampe ließ ihre Haut wie Kaffee mit Sahne wirken. Dunkel, wo Schatten lagen, und hell, wo das Licht auf ihren Körper fiel. Da sie einen Arm über ihre Augen gelegt hatte, konnte er ihrer Miene nichts entnehmen. Vielleicht hatte sie es wegen der plötzlichen Helligkeit getan, doch er vermutete, dass ihr Arm schon auf ihrem Gesicht gelegen hatte, bevor er den Schalter betätigt und das Licht angestellt hatte.

Das ist nicht gut.

Aber was wollte sie eigentlich noch? Immerhin bot er ihr an, die Hälfte seines Lebens am anderen Ende der Welt zu verbringen.

»Warum kannst du nicht arm sein?«, murmelte sie unvermittelt.

Manchmal konnte man als Mann die Frauen einfach nicht verstehen. »Warum sollte ich arm sein? Ich war arm. Und das ist echt nicht so toll.«

»Tja«, sagte sie, nahm den Arm herunter und

blickte ihn endlich an, »könntest du nicht wenigstens ein bisschen weniger reich sein?«
Einen Moment lang dachte er darüber nach. »Nein.«
Sie stützte sich auf einen Ellbogen und wandte sich ihm zu. Er musste sich mühsam zusammenreißen, um nicht auf ihre Brüste zu starren, die verlockend vor seinen Augen tanzten.
»Die Leute könnten es falsch verstehen. Es wird so aussehen, als hätte ich Mark für einen reichen Mann abserviert.«
»Was kümmert es dich, was ein paar Idioten sagen? Du weißt, dass es nicht stimmt.«
Sie biss sich auf die Unterlippe. »Vielleicht liegt es daran, dass ich in einem Business arbeite, wo Image alles ist. Mich kümmert es schon, was andere Menschen denken.«
»Ich liebe dich – das ist das, was ich denke. Und das ist auch alles, was zählt.« Ihm wurde bewusst, dass ihm der Klang dieser magischen Worte, je öfter er sie aussprach, immer besser gefiel. Und es würde ihm auch nichts ausmachen, sie ab und an selbst zu hören.
Als hätte sie seine Gedanken erraten, beugte sie sich zu ihm, schlang ihre Arme um ihn und schmiegte sich an ihn, so dass ihre Brüste ihn be-

rührten. »Ich liebe dich so sehr«, sagte sie leise. »Ich will nicht, dass irgendwelche üblen Gerüchte entstehen.«

»Wir werden es so machen«, entgegnete er und strich ihr übers Haar. Ihm wurde klar, dass diese vertraute Geste ihn genauso tief berührte, wie mit ihr zu schlafen. »Wir werden weitermachen wie bisher. Ich werde mich dem Geschäft widmen. Du wirst dich dem Geschäft widmen. Und du wirst mit deinem Ex sprechen. Anschließend werden wir heiraten.«

Sie seufzte und fuhr ihm durchs Brusthaar. »Bei dir klingt das alles so leicht.«

»Es ist ganz leicht. Manche Dinge sind einfach so«, erwiderte er und entschloss sich, ihr zu zeigen, wie leicht und unkompliziert es zwischen ihnen sein konnte. Er küsste sie, und mit einer fließenden Bewegung, einer Technik, die er früh erlernt hatte, drehte er sie auf den Rücken – ohne den Kuss zu unterbrechen, mit seinem Kopf gegen ihren zu prallen oder sonstigen Peinlichkeiten.

Ganz behutsam spreizte er ihre Beine, ergriff ihre Hände und verschlang ihre Finger miteinander. Und dann drang er, ohne den Blick von ihr zu wenden, in sie ein. »Langsam«, murmelte er, »einfach.« Ganz tief glitt er in sie, erfüllte sie und erreichte ihren geheimsten Punkt. Unwillkürlich hielt sie den Atem an. »Leicht.«

Tränen schimmerten in ihren Augen, doch sie wandte sich nicht ab oder blinzelte. Sie erwiderte nur seinen Blick und bewegte sich voller Anmut und Kraft.

»Ich liebe dich«, flüsterte er.

»Ich liebe dich«, hauchte sie.

Wieder küsste er sie. Und gemeinsam fanden sie einen Rhythmus. Aus langsam wurde schnell, aus einfach wurde vielschichtig, während er sie mit dem Geschick und der Erfahrung eines Mannes liebte, der gelernt hatte, wie man eine Frau verwöhnte.

Aber am Ende war doch alles ganz leicht. Es war leicht, mit ihr zusammen zu sein, es war leicht, in sie zu dringen, es war leicht, sich vorzustellen, es für den Rest seines Lebens zu tun.

Als sie seinen Namen schrie, war er bei ihr, und ihr Höhepunkt löste seinen aus, so dass sie beide schließlich die Erfüllung fanden. Mehr als das, dachte er. Frieden.

»Also wirst du auf mich warten?«, fragte sie später, als sie aneinandergekuschelt und hellwach im Bett lagen und erlebten, wie der Morgen heraufzog.

»Ich werde warten.«

»Danke für deine Geduld.«
»Ich bin nicht geduldig. Ich sagte, ich werde warten. Aber ich werde dich so lange belagern, bis du mich heiratest. Das ist meine Art, verstehst du? So bekomme ich das, was ich will.«
»Und bekommst du immer das, was du willst?«
Er dachte darüber nach. Er spürte, wie ihr Haar an seinem Hals kitzelte und fühlte, wie ihre Brust sich bei jedem Atemzug hob und wieder senkte. Ihm wurde bewusst, wie weit er schon gekommen war. Und ihm wurde klar, wie sehr er Jennifer brauchte. Denn sie hatte ihm gezeigt, dass es gut war, auch mal das Tempo zu drosseln und das Leben zu genießen. Bekam er immer das, was er wollte?
»Verdammt noch mal, ja.«